阪急沿線怪談

宇津呂鹿太郎

竹書房
怪談
文庫

※本書は体験者および関係者に実際に取材した内容をもとに書き綴られた怪談集です。体験者の記憶と主観のもとに再現されたものであり、掲載するすべてを事実と認定するものではございません。あらかじめご了承ください。
※本書に登場する人物名は、様々な事情を考慮してすべて仮名にしてあります。また、作中に登場する体験者の記憶と体験当時の世相を鑑み、極力当時の様相を再現するよう心がけています。今日の見地においては若干耳慣れない言葉・表記が記載される場合がございますが、これらは差別・侮蔑を助長する意図に基づくものではございません。

まえがき

阪急電鉄は、大阪、兵庫、京都を結ぶ鉄道である。神戸線、宝塚線、京都線の三つの本線と数々の支線がこの三府県を結ぶ。

私自身、阪急沿線の土地で生まれ育ったため、電車といえば阪急だった。阪急電車に乗って様々な場所に行ったものだ。幼い頃、毎年行楽シーズンになれば、遊園地があった宝塚、動物園のある王子公園、紅葉に猿に滝と見所も多い箕面などによく連れて行ってもらった。年末には大阪梅田の阪急百貨店で買い物をし、最上階の大食堂で食事をするのが楽しみだった。高校生になると電車通学になり、毎日降りるのは雲雀丘花屋敷だ。大学は茨木市が最寄りだった。趣味として映画を見るようになった小学六年生頃からは、頻繁に大阪梅田や神戸三宮に通った。どちらも映画館が集中しているからだ。今ならシネコンがある西宮北口や、京都河原町、伊丹も良いだろう。塚口も忘れてはならない。

全国の映画マニアから熱い視線を浴び続ける老舗映画館がある。会社員をやっていた時は、勤務先が十三や蛍池だった。蛍池は大阪空港に繋がるモノレールへの乗り換えが便利なので、旅行や出張の際にもよく利用した。一方、十三と言えば、この竹書房怪談文庫でもお馴染みの作家、伊計翼さんや糸柳寿昭さんが所属する怪談社の事務所があった土地だ。あの当時は私もよく十三で、怪談社の方々に随分とお世話になったものである。

このように、仕事、趣味、幼少期の楽しい思い出など、阪急電車は私の人生のあらゆる場面において重要な役割を果たしてきた。もし私が阪急沿線に生まれ住んでいなければ、私の人生は全く違うものになっていたことだろう。私にとって阪急電車は最も身近な鉄道である。あの「阪急マルーン」と呼ばれる車体の色を見ると、心の底からほっとしてしまうのだ。

そんな阪急電鉄の沿線には怪異に満ちた世界がそこかしこに存在しているらしい。私がこれまで集めた話の中に、阪急沿線を舞台としたものが無数にあるのだ。時代の先端を行く都会と豊かな自然の残る郊外、深い歴史に彩られた町と新しく生まれた新興住宅地、阪急電車は全く色合いの異なる土地と土地を結んでいる。それが、怪異を呼ぶ要因になっているのだろうか。いずれにせよ、一本の線路が、様々な怪なる土地、怪なる場所を繋いでいるという事実は、百年以上の長い歴史を持つ阪急電車の数ある魅力のうちの一つであることに間違いはない。

本書は、私が集めたそのような阪急沿線の怪異な体験談をまとめたものである。実業家であり作家、政治家であり茶人、阪急電鉄の創業者でもある傑物、小林一三氏もこのような書籍が刊行される日が来ようとは想像だにしていなかっただろう。

皆さんも是非、本書を片手に阪急電車に乗って、各駅に赴いていただきたい。その駅で、或いはその周辺で、本書に書き留められた怪異の片鱗が見つかるかもしれない。

宇津呂鹿太郎

目次

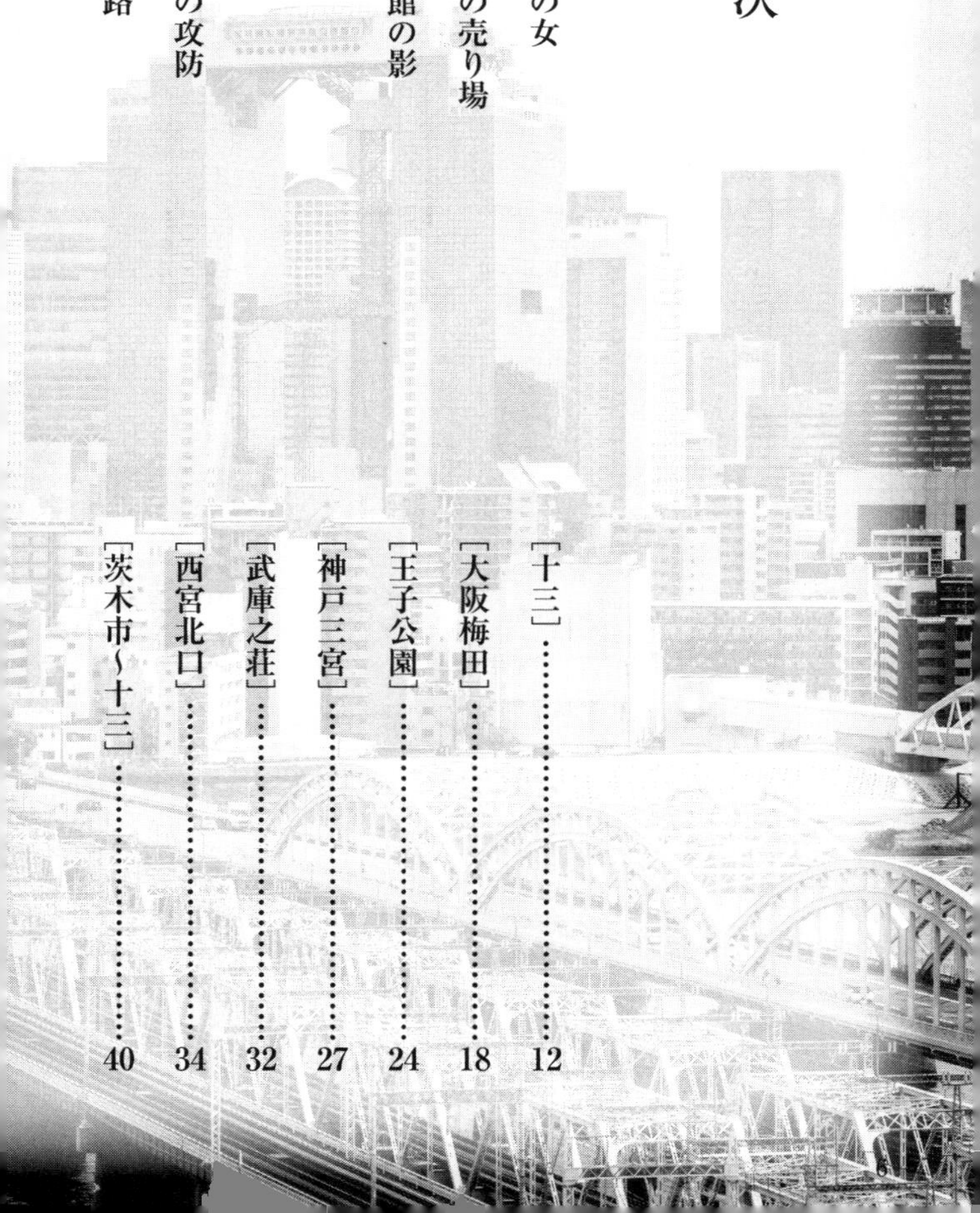

京都河原町
烏丸
西院
嵐山線
桂
嵐山
日生中央
妙見口
能勢電鉄
雲雀丘花屋敷
川西能勢口
箕面線
石橋阪大前
箕面
北千里
蛍池
豊中
千里線
高槻市
淡路
茨木市
十三
京都線
大阪梅田
天神橋筋六丁目

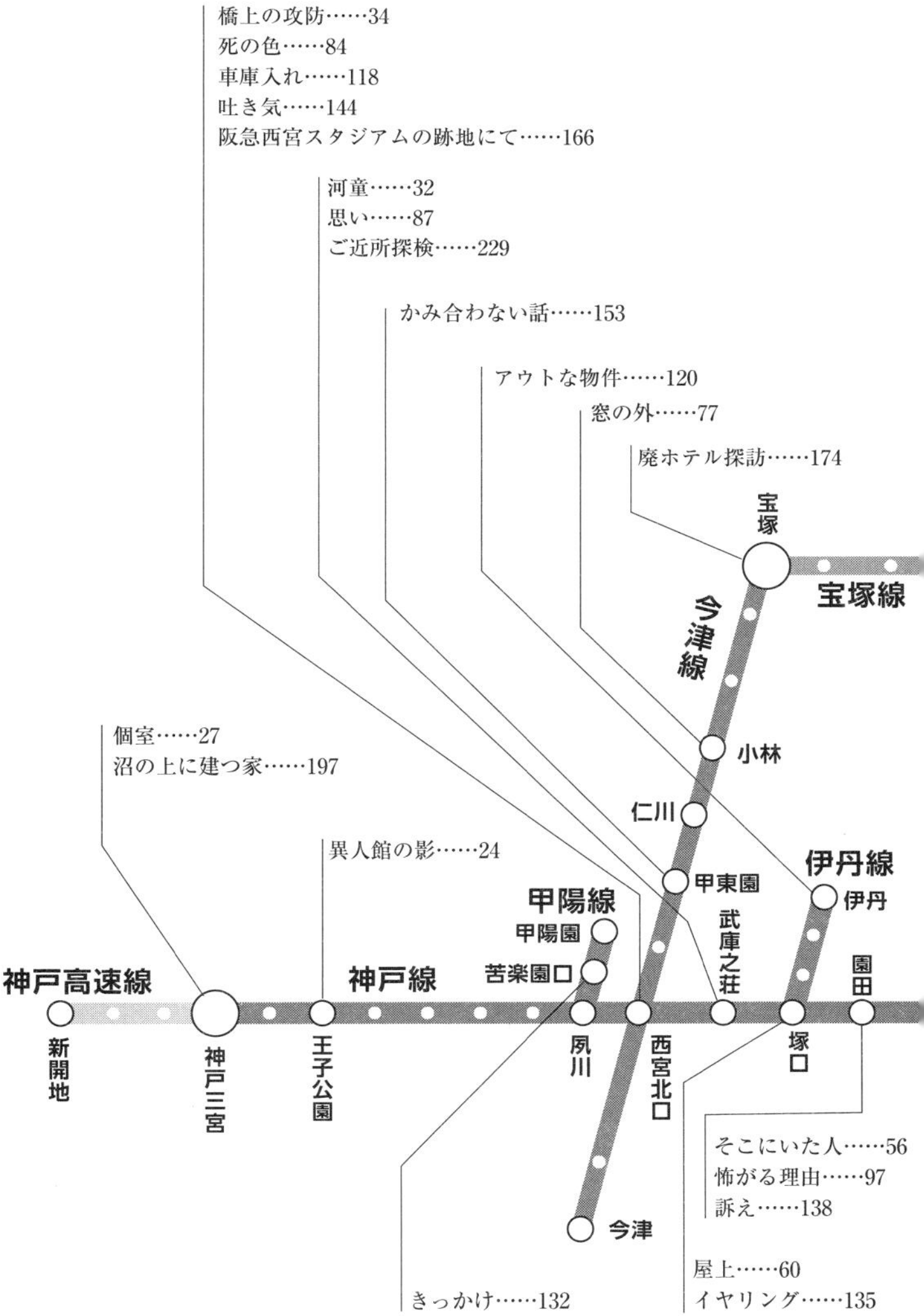

橋上の攻防……34
死の色……84
車庫入れ……118
吐き気……144
阪急西宮スタジアムの跡地にて……166
河童……32
思い……87
ご近所探検……229
かみ合わない話……153
アウトな物件……120
窓の外……77
廃ホテル探訪……174
宝塚
宝塚線
今津線
小林
仁川
伊丹線
甲東園
伊丹
甲陽線
甲陽園
武庫之荘
苦楽園口
園田
神戸高速線
神戸線
個室……27
沼の上に建つ家……197
異人館の影……24
新開地
神戸三宮
王子公園
夙川
西宮北口
塚口
今津
そこにいた人……56
怖がる理由……97
訴え……138
屋上……60
イヤリング……135
きっかけ……132

公園の女

じゅうそう
十三
神戸線　京都線　宝塚線

柿本さんがまだ二十代だった頃、事情があって、十三にある一軒家で一人暮らしをしている友達の家に厄介になっていた時期があった。これはちょうどその当時のことである。

柿本さんは真面目な方で、普段は仕事が終わるとまっすぐ友人宅に帰っていた。しかし、週末などはたまに十三の繁華街を飲み歩くことがあった。仕事は面白くないし、彼女もいない。気心の知れた友達とはいえ、他人の家に厄介になるというのは気を遣《つか》うし、そんな状態の自分が情けない。特にこれといった趣味もないので、他にストレス発散のやりようもなく、だから週末の仕事終わりには一人で納得するまで楽しく飲み歩きたくなることがあるのだ。

その日はそんな夜だった。季節は初冬。何軒かハシゴしてグデングデンに酔っ払い、時計を見るともう日付はとっくに変わっていた。でも大丈夫、今日はいつもよりちょっと遅くなってしまっただけだ。友達は彼が酔って帰るととても嫌な顔をするから、少し酔いを覚ましてから帰った方が無難である。

そんな考えから、柿本さんは繁華街と帰るべき友人宅の間にある、小さな公園に行った。

いつも酔い覚ましのために座るベンチを見る。するとそこには、若い女が一人で座っていた。こんな時間にもかかわらず。長い髪、すらっとした長い脚、そばに寄ってみると、これが結構な美人だ。

公園は狭く、ベンチはこれしかない。柿本さんはどうするか迷ったが、酔った勢いも手伝って、その女の横に座ることにした。

「ここ、いいですか？　座りますよ」

そう声をかけ、彼は女の横に、少し間隔を取って、どっかと腰を下ろした。

さりげなく様子を窺《うかが》うが、女は嫌な顔一つせず、それどころか彼を見て少し微笑《ほほえ》んだようにすら見えた。

調子に乗った柿本さんはさらに話しかけた。

「こんな遅い時間にどうしたんですか?」

女は、飲み過ぎてしまって、終電も逃してしまい、それでどうしようかと考えながら、酔いを覚ましていると答えた。

「そうなんですか。いや実は僕もなんですよ」

そこからも二人の会話は続いた。初対面の女性とこんなにも会話が弾んだことはないというくらいに盛り上がった。その流れで彼は言った。

「うちに来ますか? と言っても友達の家なんですが、空いてる部屋は他にもあるし、そこで休んだらどうです? 友達もいいって言ってくれますよ」

それならお願いしますと、女はその申し出に応じた。

二人連れ立って、夜の通りを歩く。商店街を抜けると、そこはどこにでもある住宅街だ。街灯もまばらで薄暗い。すぐ横を歩く女の顔もよく見えない。

十分ほど歩いて、友人宅に着いた。

鍵を開けて玄関に入り、「おーい、上田~」と友達を呼んだ。

「あ、お前また酔っ払って。うっとうしいなあ!」

嫌悪感も露《あら》わに、奥から友達が出てきた。

「すまんすまん、でもな、困ってる人がいるから、今夜だけこの人を泊めたってくれへんか？」

玄関まで出てきた友達がさらに嫌そうな顔で女の方を見る。

俯《うつむ》いていた女が、お願いしますと言いながらゆっくり顔を上げた。玄関の明かりの下で見るその女はやはり美しかった。

ところが、友人は「ひっ！」と息を飲み、続けて大声で叫んだかと思うと、慌てて奥へと逃げてしまった。

「おい、どうしてん！　上田⁉」

奥に向かって話しかけるが、友人は顔も出さず「お前、何やねんそれ！　どっか行け！　早くどっか連れて行け！」などと喚《わめ》くように言うばかりである。

友達の許可がなければさすがに他人を上がらせるわけにはいかない。柿本さんは女に謝って、再び友人宅を出た。

結局二人はまた先ほどの公園に戻り、ベンチに座って世間話をしながら夜を明かすことにした。話は盛り上がって、とても楽しい夜になったという。

ところが、もうすぐ夜明けという頃、ふと気が付くと、女は消えていた。今の今まで喋《しゃべ》っていたのだ。居眠りをしたとか、そんなこともない。とにかくどうなったのかよく分からないのだが、二人で喋っていて、ふと見るともうどこにもいなくなっていたのである。

柿本さんは念のため、そこでそのまま女が戻ってくるのを待っていた。しかし、すっかり辺りが明るくなっても女は姿を現さない。それで仕方なしに友人宅へと帰った。

帰宅すると友人が物凄い剣幕で突っかかってきた。

「昨夜のあの女はなんや！　めっちゃびっくりしたわ！　変なもん、連れて帰んな！」

何を言っているのか意味が解《わか》らないので、詳しく聞いてみると、友人はこう説明した。

柿本さんが泊めてやってほしいというので、女を見ると、上げた女のその顔が突然ドロドロと溶け始めたというのだ。あまりに驚いたので、見たのは一瞬だけだったが、溶けて露わになった眼窩《がんか》の奥に眼球がズブリと消えていくのを明瞭に覚えているそうだ。

柿本さんは「こいつ何を言ってるんだ」と最初は思ったが、怯えながら語る友人の様子を見ていると、とても嘘を言っているようには思えなくなった。

改めてよくよく考えたら、あの女の顔が全く思い出せないことにも気が付いた。美人だったことは覚えているのだが、どんな顔だったかが浮かんでこないのだ。公園に戻って話している時も、顔は見えなかったように思える。最初に見た時と、玄関の明かりの下で見た時はすごい美人だなと思ったのだが、あれは一体どういうことだったのか。

今ではあの時に会った女は普通の人間ではなかったと、柿本さんは確信している。

地下の売り場

ＪＲと私鉄、地下鉄の駅が集中する、大阪で最も人の集まる地区の一つ、梅田。そこにそのファッションビルが建てられたのは今から二十年ほど前である。

館内には二、三十代の女性を対象としたお洒落な店舗が多数入っている。

中井さんは、そのビルがオープンした当初から三階に出店している女性向けバッグ店に勤めていた。

半年後、ビルの地下一階の通路にある空きスペースを新たに店舗として有効利用することになり、中井さんがそこの店長に任命された。

店舗といっても所詮は空きスペースである。通路から少し引っ込んだ壁に棚を作り、そこに商品を並べて、その隅にレジを置くための小さな台を置いただけの簡易なものだ。

両隣に店があるわけでもない。人通りが途切れれば、控えめな照明の殺風景な通路に彼女は一人でぽつんと取り残されることになる。

そこで怪異が起こり始めたのはオープン直後からだった。

壁の向こうからノックのような音がする。誰も居ないのに体を触られる。商品が倒れる。何も起きない日はなかった。

小さいながらも初めて任された店である。中井さんは気味が悪いと思いながらもそれを堪《こら》えて日々の業務に当たっていた。

そんなある日のこと、中井さんが女性客相手に商品の説明をしていた時だ。

突然、中井さんの後ろから棚に並んでいるはずのバッグの一つがポーンと飛んできて、通路にドサリと落ちた。棚から落ちたのではなく、弧を描いて飛んだのである。

中井さんが床に落ちたバッグから客に目を戻すと、客は顔を引き攣《つ》らせて中井さんの後ろを凝視している。慌てて振り返るが、そこには商品が一つ抜けた棚があるだけだ。

再び客の方に向き直ると、客は悲鳴こそ上げなかったものの、逃げるように走り去ってしまった。

あの飛び方は誰かが手で放り投げたとしか思えない。客は一体何を見たのか。

また別の日のこと。

背後でパラパラパラパラと紙を捲《めく》るような音がするのでそちらを向くと、レジの前に重ねて置いてある店舗の名刺が、次々に中空に舞い上がっていく。それはまるで手品師の帽子の中からトランプが一斉に飛び出す様を思わせた。

天井近くまで舞い上がった名刺はヒラヒラと落ちてきて辺り一面に散らばった。

さすがにその時は中井さんも驚きのあまり三階の店舗に駆け込んだ。

それからも怪異は収まらず、誰も手を触れていないのに商品のバッグが棚から落ちたり、向きが変わったりといったことが頻発した。

そのため仕事中は常に緊張を強いられる。中井さんにはそれが苦痛で堪《たま》らない。売り場に立っていると、誰かの視線を感じ、少しでも物音がしようものならビクリと肩を竦《すく》めてしまう。勤務中は心が休まることはなかった。

それに加えて売上が上がらないという問題もあった。客が来てもすぐに去ってしまい、ほとんど商品が売れない。そもそも人通りが少ないのだ。売上など上がるはずもない。

日々、重い疲れがベッタリと体にまとわりつき、家に帰る頃にはぐったりとしてしまっている。休日も外出する気など起きない。

そんな状況がずっと続いていたある日、仕事を終えた中井さんが緊張感から解放されて、いつものようにふらふらと自宅であるワンルームマンションへと帰ってきた時のことだ。

鍵を開け、狭い玄関に入る。

真っ暗な中、壁のスイッチを押して明かりを点けると、部屋の隅に置いてあった白い椅子が目の前で宙に浮かんでクルクルと回転していた。

思わず「あっ」と声に出した瞬間、椅子は糸がぷつりと切れたかのように床に落ちた。

狭い室内に大きな音が響き、思わず一歩退《しりぞ》く。

怖くなったのは少し遅れてからだった。これまでおかしなことが起きていたのは職場だけだった。それがついに自宅にまでやってきたのだ。唯一安らぐことができる自宅にまで得体の知れないモノが侵入してきたことに、彼女は愕然とし、心の底から湧き上がってくる絶望にも似た恐怖に意識が遠のくのを感じた。

これでは家にもいられない。

かといって他に行く当てもなく、どうすることもできない。

それ以降、職場、自宅を問わず、物が落ちたり倒れたりといった現象が頻繁に起き、そのたびに中井さんは神経を擦《す》り減らした。

強烈だったのはある休日の朝のことだ。

起きるのが億劫《おっくう》だった中井さんは、ベッドに入ったままごろごろしていた。

突然、きいいいという小さな音がしたのでそちらを見ると、キッチンに置いてある炊飯器の蓋が開いたところだった。

あっと思う間もなく、中に入っている内ナベが勢いよく飛び出して、二メートルほど離れたユニットバスの折れ戸を突き破った。

ガシャンという大きな音。

その衝撃に中井さんはしばらく動くこともできなかった。

数分後、我に返った中井さんは、ベッドから下り、恐る恐るユニットバスに近づいてみた。

折れ戸の表面は完全に割れており、大きな穴が開いている。

電気を点けてそっと中を覗くと、割れた折れ戸の破片が散らばる中、炊飯器の内ナベが便器の横に転がっていた。

もう我慢の限界だ、仕事を辞めて、部屋も出よう。その時中井さんはそう決意した。

ところがその数日後、幸いというべきか、件《くだん》の売り場は閉店することになった。

その後すぐに中井さんは他店に異動となった。

それと同時に家でも妙なことは起きなくなった。

ようやく平安を取り戻した中井さんは、辞職も引っ越しも取り止《や》め、今では異動先の店舗の店長を勤めている。

その後、バッグ売り場があった地階の空きスペースは真っ黒いパーテーションで完全に目隠しされ、長年使われることがなかったが、何年か前から新たな店舗がそこで営業を開始したようである。

異人館の影

王子公園駅の駅前にある神戸市立王子動物園。昭和二十六年開園のこの歴史ある動物園には、ジャイアントパンダをはじめ、コアラやアムールヒョウなどの絶滅危惧種を含む約百三十種の動物が飼育展示されている。地元神戸のみならず、近隣地域からも多くの来場者がある人気スポットだ。

その園内の片隅にあるのが重要文化財、旧ハンター住宅である。神戸に現存する異人館の中でも最大規模の歴史建築で、創建は明治二十二年頃とされている。昭和三十八年に現在地に移築されてからは、動物園の来園者に公開されてきた。

もともとの持ち主は、イギリス人の実業家、エドワード・ハズレット・ハンター氏。元治元年、二十一歳の時に来日し、大正六年に七十五歳で亡くなるまで、鉄鋼、精機、精米等、様々な分野の会社を設立、日本産業の発展に多大な貢献を果たした傑物である。

おうじこうえん
王子公園
神戸線

その年の六月、千花さんは妹の美稔《みのり》さんと一緒に、この旧ハンター住宅を訪れた。美稔さんは球体関節人形の愛好家であり、自前の人形をこのような歴史建築の中に置いて写真を撮ることを趣味としていた。千花さん自身はそういったことに興味はなかったが、時間のある時は妹の撮影行に付き合うことも多いのだ。

よく晴れた日だった。時間は午後三時。ガラス窓の多いハンター住宅の二階は、光で溢《あふ》れていた。美稔さんが撮影するのにちょうど良い場所を探している間、千花さんはその辺りを見ながらぶらぶらと廊下を歩いていた。ふとある部屋に目がいく。扉が全開になっており、壁に設えられた暖炉と、その前に置かれた古めかしいテーブルや椅子など、室内の一部が見えている。

こちらに背を向けたソファーの背もたれの向こう側から人の頭が覗いていた。誰かがソファーに座っているのだ。白髪混じりの頭、どうやら初老の男性らしい。

ところが、千花さんははっとした。そんなところに人が座っているのはおかしい。なぜならその部屋は立入禁止になっているからだ。部屋の入り口のところにはロープが張られ、中に入られないようになっている。いや、入ろうと思えば誰でも入ることはできる。ロープを跨ぐか潜《くぐ》ればいいのだ。誰にでも容易にできるだろう。

しかし、こんな場所でわざわざロープを跨いで立入禁止区域に入り、人の目に晒されながらくつろぐなど、そんな酔狂なことをする人がいるだろうか。ましてやあのような紳士然とした人物がだ。

そこまでのことが瞬時に脳裏をよぎったが、その時には既にその男性は姿を消していた。立ち上がって部屋から出ていったのかというと、そうではない。もしそうだったとしたら、千花さんは気が付いたはずだ。

その男性を見たのは一瞬にもかかわらず、千花さんの瞼《まぶた》にはその後ろ姿がしっかりと焼き付いた。

あれは、この住宅の本来の持ち主であるハンター氏だったのか、或いは彼の身内なのか。いずれにしても、千花さんにはこの建物に人が住んでいた当時の人物のように思えてならないのだ。

個室

こうべ さんのみや
神戸三宮
神戸線　神戸高速線

世の中には様々な人がいる。スポーツが得意な人、弁が立つ人、体が柔らかい人、大食いな人、字が綺麗な人、大袈裟な人……。

ここに紹介する男性、永山さんは、言うなれば「一日に何度も大をする人」である。どちらかというと年中便秘気味の私からすれば、信じられないことであるが、彼は日に少なくとも三回、多い時には五、六回は大を催すのだそうだ。一般の人が小をするかのように個室に籠《こも》る。出そうで出ないということはない。必ず一定量は出る。だから「一日に何度も確実に大をする人」なのだ。

そんな彼が、一人で神戸に出掛けた時の話である。

その日は朝から雨がしょぼしょぼと降っていた。傘を片手に三宮の駅前をブラついていると、便意が徐々に高まってくるのを感じた。いつものことなので、彼は早速トイレを探す。

ただ、トイレ選びには彼独特の流儀というのがある。トイレならどこでもいいというわけではないのだ。まず個室が最低二つはあること。次に、前に使っていた人が出てからしばらく時間が経っていること。そして何よりの絶対条件が、綺麗であること。したがって、駅や公園のトイレはまず使えない。高級デパートやシティホテルのトイレが望ましいが、どこにでもあるものではない。街中でよくある施設で、それらの条件を全て満たす可能性が高いのは、彼曰《いわ》くパチンコ屋なのだそうだ。最近のパチンコ屋は洒落た店も多く、店内も清潔に保たれている。トイレもある程度は綺麗なのだ。

その時も彼はすぐにパチンコ店を探した。都会の賑やかな駅前ならあるはずだ。そしてそれは案の定、すぐに見つかった。

早速店内に入り、トイレを探すと、男子マークの案内板が階下を示していた。女子トイレは一階、男子トイレは地階にあるらしい。矢印が指す方に向かう。階段を下ると壁に突き当たった。壁には左右の矢印が描かれており、右を見るとどこにでもあるような普通の男子トイレの入り口が、左を見るとすぐに通路は左に折れ、奥にアンティーク調の洋風装飾が施《ほどこ》された一人用の洗面と、さらにその奥には、これまたアンティーク調の場違いに豪華な扉があった。興味をそそられ、そちらに向かって扉を開けた。

そこは白いタイル壁に囲まれた、なんの飾り気もない個室だった。そこも豪華な装飾が施されていることを期待していただけに少々ガッカリだ。だが普通の個室とは大きく違う点が一つ。やたらと広いのだ。四畳半はあるだろうか。その入口を入って左手側の隅に一つだけ、洋式の便器が設置されていた。

「面白い」

永山さんは珍しさに惹《ひ》かれ、そこを使うことにした。扉を閉めて鍵を掛け、便座の蓋を開ける。傘は右手側の壁に立て掛け、ズボンを下ろして便座に腰掛けた。

ほっと一息ついて、さあこれから気張ろうとした矢先、彼の左手側の下方からカチャリという音がした。鍵を開けた時のような音だ。

思わずそちらの方に目をやる。さっきは気づかなかったが、便座の横の壁に、少々大きめの点検口の扉があった。扉には小さな鍵穴が付いている。その鍵が内側から開けられたのか？　とすると、そこから誰かが出てこようとしている？　一瞬でそこまでの考えが頭の中を駆け巡った。

その次の瞬間、扉が開き、まずは左足がヌッと差し出された。続いてその狭い戸口を潜って、スーツ姿の若い男が腰を曲げて頭を出した。あまりのことに、便座に腰掛けたまま動くことも忘れ、その様子をただ見ることしかできない。出てきた男は永山さんと目が合うと、ハッと驚いた顔をした。

「あ、すみません」

一瞬の間を置いて、そう小さな声で呟《つぶや》くと、バツが悪そうに点検口に引っ込んだ。扉が閉められ、また内側から鍵が掛けられる。そして、中からあの男の声が。

「あかんわ」

何が「あかんわ」だ。中でなんの作業をしているのか知らないが、店のトイレなんだから誰かが使う可能性もあるだろう。作業をするなら、あらかじめ使用禁止にしておくべきではないのか。

永山さんは憤《いきどお》った。まだ出す前で良かった。もう出るものも出ない。彼は立ち上がり、ズボンを上げてトイレから出た。こんな店、さっさと出よう。そう思いながら足早に階段に向かい、それを上り始めたところで、不覚にもトイレに傘を忘れてきたことに気が付いた。やむなく戻る。またあの男と鉢合わせするのは嫌なので、そっとトイレの扉を開けて中の様子を窺った。誰もいない。急いで中に入り、傘を取る。その際、あの点検口の方を見た。そこの壁には何もなかった。ただ白いタイルが均等に並んでいるだけだ。そんなはずはないと、そばに寄って確認してみた。やはり扉は無い。

わけが分からなくなった永山さんは、慌ててトイレから飛び出すと、足早に店をあとにした。

それ以降、三宮の駅前でトイレに行きたくなっても、そのパチンコ屋には入っていない。

河童

むこのそう
武庫之荘
神戸線

「僕が通ってた小学校のトイレは水洗やったんですよ。ただ、水洗は水洗でも、時間が来たら一斉に流れるっていうのあったじゃないですか。ああいうタイプやったんです。大も小も」

最近はほとんど見かけなくなったが、昔の学校や公園などの公衆便所によくあったタイプである。並んでいる個室の便器の下を、排泄物を流すための溝が一本、端から端まで貫《つらぬ》く形で埋め込まれている。溝には勾配が設けられていることから、どこの個室で用を足そうが、全て最も端にある排水口に排泄物は流されていき、そこから下水へと運ばれるという仕組みのものだ。

そのため、排水口に近い下流の便器で用を足していると、上流の便器からの排泄物も自分の目の前を流れていくという、ちょっと嫌な構造でもある。

しかも水洗ではあるが、水は定期的にしか流れないので、自分のタイミングで流すことはできない。

早坂さんの通っていた小学校の便所も、そのタイプの便器が設置されていた。

ある日、早坂さんは大を催し、個室に入った。最も下流側だったそうである。用を足していると、水洗の装置が作動し、一斉に水が流れ始めた。

なんとなく、下を流れる水を眺めていると、上流から小さな赤い人の形をしたものが流れてきた。それは仰向《あおむ》けになり、黒い髪が僅《わず》かに生えた頭を前にして流れていく。

水流が速く一瞬のことだったのだが、その生々しさに早坂さんは驚いて思わず腰を上げてしまったという。

「それ以来、学校のトイレには行けなくなってしまったんですよ」

にこやかに言う早坂さんだが、当時相当なショックを受けたことは想像に難くない。

橋上の攻防

にしのみや きたぐち
西宮北口
神戸線　今津線

もう三十年ほど前のことになる。

小泉さんはその夜、宝塚で大学のサークル仲間と飲んでいた。気が付くと結構な時間になっている。慌てて阪急の駅に向かった。しかし家に帰るための最終電車は出たあと。とはいえ、全ての電車が終わったわけではない。まだ西宮北口までなら行くことができる。ここはひとまず行けるところまでは電車で行き、そこからは歩くなりなんなりしようと考え、最後の電車に飛び乗った。

西宮北口駅からは歩くか、それともタクシーに乗るか、誰か車を持っている友達に泣きついて来てもらうか、頭の中で如何にして安く、楽に帰るかを考えている間に、終点の西宮北口に着いた。

よし、歩こう。そう決めて駅から出ると、他の降車客たちと一緒に帰るような格好になった。遅い時間にもかかわらず、帰り道を急ぐ人は多かった。だが、ものの十分も歩くと、あれほどいた降車客の姿はもうどこにもない。

小泉さんは一人、暗い夜道をトボトボと歩き続けた。

やがて川に差し掛かった。武庫川《むこがわ》だ。橋を渡る。走っている車もない。

前方を見ると、橋の中央付近の暗くなったところに人の姿があった。欄干《らんかん》にもたれて川を眺めている。こんな時間にあんな暗いところで何をしているのか。小泉さんはその光景に何やら不穏なものを感じた。

その人物に近づく。それは中年のしょぼくれた男だった。ぼんやりと川を見下ろしている。

まさかとは思うが、ひょっとして飛び込むつもりなのか。小泉さんは念のためその男に声をかけた。

「そんなとこで何やってんすか?」

男が顔を上げ、小泉さんの方を見た。そして少しだけ嬉しそうな顔をして言った。

「ちょっと聞いてくれるか」

「え?　何をですか?」

男は身振り手振りで小泉さんを自らのそばに招くと、自身の身の上話を語り始めた。仕事は何をやっているのか、どうやってその職に就いたのか、妻はどうだ、生活はどうだ、そんな話が続いていたが、やがて話は息子の愚痴《ぐち》になった。

曰く、息子がまともに仕事に就こうとしないとか、息子に仕事を紹介してやったのにすぐ辞めてしまったとか、息子が父親である自分が長年やってきた仕事を見下すとか、親に感謝しないとか、愚痴は全く終わる気配がない。息子を心配してのこともあれば、自分のエゴのようにしか聞こえないものもある。小泉さんはうんざりしてきた。なんでこんな時間にこんな暗いところでこんなつまらない話に付き合っているのかと。

「だからもう死のうと思って、俺はここにおるんや」

やっと愚痴が終わったかと思ったら、男がそう付け足したものだから、小泉さんはますます呆れた。

「まあ長い人生、そんなこともあるわ。あんまり気にせんと、死ぬとか言うなや」

小泉さんのその言葉を聞いて、突然男が大声で言った。

「だったらお前が死ね！」

その言葉が終わらぬうちに、男は小泉さんの腕と胸元を掴んで、無理やり橋から落とそうとする。

その豹変ぶりに小泉さんは面食らいながらも、なんとか落とされないように足を踏ん張り、抵抗する。

しばらくその場で揉み合いが続いた。

「ここから落ちて死ね！　早く飛び降りろ！　死ね！　早く！」

男は何度もそう言いながら、小泉さんを落とそうとする。

「何すんじゃ、おっさん！」

小泉さんは必死に抵抗する。そんな攻防が続く最中、二人の周りにいつの間にか大勢の人が集まっていることに小泉さんは気が付いた。野次馬か。そんなところで見てないで、助けてくれ。心の中でそう願うが、誰一人動こうとしない。

男を捩《ね》じ伏せながら、小泉さんは周囲に群がる人たちの方に目をやった。周りを取り囲んでいる者どもは皆、満面の笑顔だった。口を引き攣らせ、ニンマリと笑っている。出来損ないのお面を被っているようだ。彼らはその服装も奇妙だった。ぶかぶかのダブルのスーツを着た男、麦わら帽子に手拭《てぬぐ》いをほっかむりにした野良着姿の太った中年女、白いラッパズボンに赤いシャツを着た長髪の若い男、皆どこか時代を感じさせる格好をしていた。

そんな風に思っていたところ、隙を突かれて小泉さんは男に橋から放り出されそうになった。上半身が欄干の外に出て両手が空を掴む。慌てて片手で男を押さえながら、もう一方の手で橋の欄干を掴み、落とされないように踏ん張る。その時に橋の下が見えた。そこには川が流れているはずだが、真っ暗で何も見えない。が、その真っ暗な闇の中、水面がある辺りにも、大勢の人が立ってこちらを見上げていた。皆一様に淡く白い光を放っているように見えた。

ああ、今周りを取り囲んでいるこいつらは生きている人間じゃないんだ。俺が橋から落とされるのを待っているんだ。小泉さんはその時初めてそう思ってゾッとした。このままでは本当に殺される。

これまでとは違う恐怖心が湧いてきて、そのせいか少し冷静さを取り戻すことができた小泉さんは、自分を捩じ伏せようとする男の顔面に頭突きを喰らわせた。男の力が弱まる。すかさずもう一発頭突き、完全に男の腕が自分から離れたところで体勢を立て直し、両手で男の体を突き飛ばした。男はよろめいてその場に倒れた。その隙に小泉さんは走り出した。その場から逃げる彼の後ろから、野次馬どもの落胆するような声が聞こえた。それを尻目に彼は振り向くことなく、滅茶苦茶に走ってそこをあとにした。

橋を渡りきり、川の向こう岸にたどり着く。息も絶え絶えになりつつも、立ち止まることなく下り坂になっている車道をそのままの勢いで駆け降りていくと、突然後ろから灯りが差した。今、橋を渡ってきた車だった。今度は前方からもヘッドライトで照らされた。橋に向かう車だ。時間は夜中だったが、少ないながらも車の往来はあるらしい。さっき橋の上にいた時は車など一台も通らなかったことを思えば妙だ。

もう大丈夫ということなのだろうか。小泉さんはようやく現実世界に戻ってこられたような気がしてその場にへたり込んだ。

その後、後ろから来たタクシーを呼び止めて、彼は無事に自宅に帰り着いたのだった。


そんなことがあってから、小泉さんは飲みに行っても羽目を外さず、最終電車に遅れないよう気を付けるようになったかと言えば、そんなことはなかった。その後も最終電車に乗り遅れることはしょっちゅうだ。

しかし幸いにして、今回のような恐ろしい体験をすることはなく、現在に至っている。

貫通路

当時大学生だった松原さんの体験である。

その日は昼過ぎに授業が終わり、バイトもあったので、一旦帰宅するために大学の最寄駅である茨木市駅から電車に乗った。梅田方面に向かう準急である。

車内はそれほど混んではいなかった。とはいえ、座席はどこも空いてはいない。彼は車両の端で吊り革を持って立った。彼の左側には隣の車両に移るための扉があり、大きなガラス窓が付いている。窓の向こうには貫通路《かんつうろ》と呼ばれる、車両と車両を繋ぐ連結部があり、そのさらに向こうには隣の車両への扉がある。彼はなんとなく、そのガラス窓を通して貫通路に目をやった。ふと違和感を覚えて、視線を下に落とす。その狭い空間に若いスーツ姿の男が一人、正座をしていた。体をこちらに向け、まっすぐ前を向いて座っている。その目線の先には扉があるのみ。顔は全く の無表情で、ぴくりとも動かな

いばらきし
茨木市
京都線

じゅうそう
十三
神戸線　京都線　宝塚線

い。髪はきちんと整えられ、スーツにも乱れはない。どう見ても爽やかな営業マンである。窓ごしに見るその男の顔には、どことなく生気がないようにも感じられたが、それは厚いガラスの所為《せい》なのかもしれない。

他に気づいている人はいない。

扉を開けて声をかけてみようかとも思ったが、やはりそれも怖い。どうしようか迷っている間に十三駅に着き、乗り換えのために電車を降りた。

その男はなんだったのか、死んだ人であったとしても、生きている人間だったとしても、いずれにしても気味が悪いのだが、そのどちらだったのかが未だに気になって仕方がない。松原さんは、こんなにモヤモヤするのなら、あの時思い切って扉を開けて確認してみるべきだったと後悔している。

ハイエナの死

きょうと かわらまち
京都河原町
京都線

私の友人に近藤宗臣くんという男がいる。知り合ってからもう十五年の付き合いになるのだが、ある時、彼がSNSに次のような書き込みをしているのが目に付いた。

「ギャラリーの階段のところに奇妙な絵が落ちているのを見つけた。誰の絵かは謎。絵の裏には『ハイエナの死』というタイトルのようなものが書かれている」

近藤くんは画家である。書き込みの中にあるギャラリーとは、彼が運営する画廊、ギャラリーソラトのことだ。ソラトは現在、大宮駅と烏丸駅の間辺りにあるのだが、この作者不詳の絵を見つけたのはそこに移転する前のことであり、その頃は京都河原町駅から北東に行ったところにあった。

当時のソラトは建物の二階にあり、外階段を上がって行けるようになっていた。この『ハイエナの死』という作品は、その外階段に、しかも裸で落ちていたというのだ。作家による作品としてはあまりにぞんざいな扱いであろう。

ＳＮＳの書き込みにはその絵の写真も添えられていた。不気味な絵である。画用紙に大きく一人の人物の顔と思しきものが描かれている。それはほぼ殴り書きで、黒いマジックで引かれた線は荒く、ただぐちゃぐちゃに黒く塗り潰されただけの目が印象的である。何かを叫ぶように大きく開かれた口も、描いたあとに黒く塗られており、しかもその口の形は顎のところが真っ二つに分かれている。胸元に描かれた星形は傷だろうか。見ようによっては二人の人物が向かい合っているように見えなくもないが、いずれにせよ一度見たらなかなか忘れられないインパクトのある絵だ。そして裏にはこれもまた殴り書きで「ハイエナの死」と鉛筆で書かれているのである。

全体的に汚れと、水滴が落ちたような跡がそこかしこに見られるが、外に打ち捨てられていたことを思えば状態はまだ良い方だと思われる。

ギャラリーソラトでは頻繁に企画展を行っており、それに持ち込まれた作品を誤って誰かがそこに落としていったのかもしれないと考え、近藤くんも色々と調べてみたのだが、どうやらそうでもないらしい。結局、出所不明、作者も不明のまま。奇《く》しくも彼がこの絵を見つけたその日は、怪談をテーマとした『怪談画宴』展の初日だったことから、

「何か妙なものを呼んでしまったのだろうか？」と彼はＳＮＳに綴っていた。

スマートフォンの画面越しにそれを見た私は、その見た目の不気味さとミステリアスな経緯に惹かれ、すぐに近藤くんに連絡を取ったのだ。

「その絵はどうするの？」と。

すると、このような返事があった。

「持ち主も判《わか》らんし、自分が持っていても仕方がないので、処分しようと思ってるんやけど」

「だったらもらえへんかな？」

「もちろんいいよ」

そんな具合にとんとん拍子に話が進み、かくして私がその絵画『ハイエナの死』をもらい受けることになったのだ。

実際に見たその絵は、とても力のあるものだった。一気にぐちゃぐちゃと描かれたようではあるが、心騒がされると言おうか。見ているとなんとなく不安に駆られるような、胸がザワザワするような妙な感覚に陥《おちい》る。ただ、だからと言ってこの絵が何か怪異を起こしたわけではなかった。ただ来歴不明というだけのものだ。

私はその絵を額に入れて保管することにした。

それから二年後、私はとある怪談ライブへの出演依頼を受けた。できれば何か曰く付きの品物を持って来てほしいという。そこで、私はこの絵を持参することにした。私が公の場にこれを持ち出すのは初めてである。

果たしてイベント当日、開演して初《しょ》っ端《ぱな》に、私がこれを紹介することになった。ステージ上にある席に座ったまま、私はこの絵をもらい受けるに至った経緯を説明したあと、新元号を発表する官房長官よろしく、この絵を掲げて見せた。

客席が静かにどよめく。私は絵を掲げたまま、この絵について説明を続けた。ひとしきり説明が終わった直後、私の隣に座っていたイベントの中心人物が言った。

「今何か声が聞こえませんでしたか?」

私は何も聞いていない。他の三人の出演者も聞こえなかったと口々に答えた。

その後もイベントは滞《とどこお》りなく進み、休憩になった。休憩中、私は客席に降りて、来場者の何人かと話をしたのだが、その中の何人かから、私が絵の紹介をしている時に、変な声を聞いたとか、音が移動していった、などと言われた。

休憩明けにその件について舞台から客席に尋ねてみると、約半数の人が聞こえたと答えた。

聞こえた人の説明は一致しており、『ハイエナの死』を掲げた直後に私が説明を続けているタイミングで、客席の後ろの方から舞台に向かって、声は移動していったというのである。どのような声だったかについては女の呻《うめ》き声だったとか、赤ちゃんの泣き声だったとか、何か動物が鳴いている声のようだったとか、様々であった。

また、イベント中に板張りの床を踏みしめるようなミシミシギシギシというような音を聞いたという話もあり、何かが起きていたと思わせられた。ただ、私たち出演者には、一人を除いて何も聞こえていない。

ところが、このイベントは生配信もされており、それを見ていた人たちからも、音が聞こえた、声がした、というコメントが複数、書き込まれていたのである。

生配信された映像は保存されていて、あとから見返すことができる。私は動画を保存していた会場に掛け合って、その動画を全編送ってもらい、確認してみた。

確かに音は入っていた。ちょうど私が『ハイエナの死』を掲げて喋っているところで、獣の鳴き声とも人間の赤ちゃんの泣き声ともつかないような声がはっきりと数回聞き取れるのだ。これを改めて会場の責任者に聞いてもらったが、大層驚かれていた。配信に関しては会場の設備を使うので、会場側に全てお任せしていたわけだが、このような奇妙な声が入ったことはそれまで無かったとのことだった。もちろん仕込みなどではないし、それになぜこのような声が入ったのかは全く分からないのだという。

配信に乗り、動画にも記録されているということは、当然この声はマイクを通ったということになる。客席でこの声を聞いた人たちによると、声は客席の後ろから舞台の方へと移動していったとのことだった。しかし、マイクは私たち出演者の手元にあるものだけ。客席に向けられているマイクなどは無かったのである。それにもかかわらず、声は数回にわたって録音されている。出演者のマイクが拾ったとしたなら、これほどの大きさの声なのだから、少なくとも舞台上の何人かは気づいていないとおかしい。いや、確かに一人だけは気づいていたのだ。客席から見て私の右隣に座っていた男性だ。記録された動画を見ていても、その男性が「今何か声が聞こえませんでしたか？」と発言したのは、声が止んだまさにその時だった。実際に会場でもその声はしていたのだ。しかも出演者のマイクを通して記録されたとなると、その声の主は舞台上にいたはずだ。ところが私たち出演者の大半はその声に気づいておらず、何よりもそのような声を発したものの姿はどこにもなかったのである。

これは未だに謎である。あの声は赤ちゃんの声にも聞こえるが、獣が鳴く声、たとえば盛りの付いた猫が発する鳴き声のようでもある。その声が響いていた時に掲げていたのはあの絵だ。絵のタイトルは『ハイエナの死』。ハイエナという動物は食肉目ハイエナ科の動物であるが、それとこの声とは何か関係があるのだろうか。

因みに、そのイベントには名の知れた、とある霊能者も出演されていた。彼曰く、この絵には、その線一本一本に、描いた人の強い負の念が籠っていると。そのため、持っていると良くないことが起きるから、早めに手放した方がよいということだった。『ハイエナの死』は今でも私の手元にある。

ハイエナの死

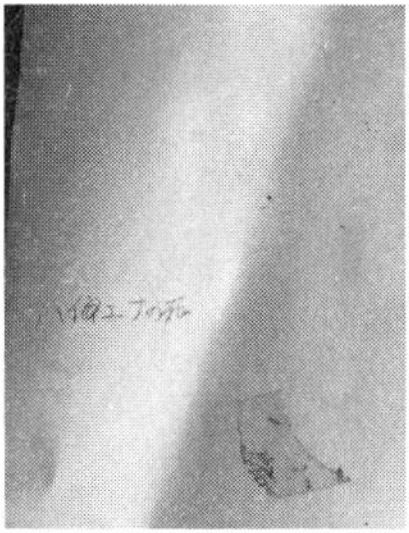

花子さんの出るトイレ

たかつきし
高槻市
京都線

中谷さんが小学一年生の時の話である。

彼女が通う学校は高槻市駅が最寄りである。教室は二階。そしてその階のトイレには花子さんが出るという噂があり、特に彼女のクラスの生徒たちはそのトイレをなるべく使わないようにしていた。

そんなある日のこと。中谷さんは先生同士がこんな会話をしているのを偶然耳にした。

「林田先生、あの二階の女子トイレなんですけど、変じゃないですか？」

「え、変ってどういうことですか？」

「先日も窓ガラスが割れたでしょう。半年ほど前にも割れて交換したばっかりやのに」

「ああ、そうでしたね。でもあれ生徒がやったわけでもなさそうですし」

「そうなんですけどね。でも割れた原因は二回とも分からず仕舞いじゃないですか。変なところから水が滴《したた》ってるし。あのトイレだけですよ、あんなにジメジメしてるの」

「そういえばそうですねえ」

「それにあのトイレ、入って、手前から二つ目でしたっけ。個室の壁の落書き、あるでしょう。ウサギですかね、赤いクレヨンで描いた」

「ああ、ありますね。生徒にも注意してますよね」

「はい、それがね、消しても消してもまた描かれるじゃないですか。あれね、用務員の方から聞いたんですが、最初に確認した時と、消しに行った時とでは、絵がちょっと違ってることがあるらしいんですよ」

「え？　どういうことですか？　消したあと、また描かれた絵が前とは変わってるってことじゃなくて？」

「いや、それだと当たり前じゃないですか。そうじゃなくて、用務員の方がまずどこの壁にどの程度の大きさの絵があるのかを確認して、それから掃除道具を用意して、もう一回見たら、絵が変わってるらしいんです。ウサギのポーズとか、顔の表情とか。いやまあ、まじまじと見てるわけじゃないんで、ひょっとしたら勘違いかもしれないってことなんですけど、それでもどう考えても変わってると。それがね、三回ほどあったらしいんです」

「ええ、ほんとですか。なんか怖いですね、その話」

「それにね、こないだも落書きがあるって聞いて、私と米田先生で確認に行ったんですよ。そしたらね、上からトイレットペーパーが落ちてきたんです。何もない天井から。トイレには私ら二人以外誰もいないし、どっから落ちたのって二人で」

「ええ？　なんですかその話……」


それから六年後、中谷さんが卒業したあと、その小学校に通っていた弟から、そのトイレに工事が入ったと聞いた。工事が入ったのは、校舎の中でも二階のそのトイレだけだった。綺麗になったそのトイレには、変な噂はなく、どの生徒も日常的に利用しているという。

読書

これも高槻市駅を最寄りとする、とある小学校にまつわる話である。

浦川さんという男性が、人生で最も不思議な体験だということで語ってくれた。

小学三年生の頃、学校であった出来事である。

昼休み、図書室で借りた本を教室に持ち帰った。

早速、自分の席に着いて読み始める。ところがしばらくして、なんとなく黒板の前で読みたいと思い始めた。理由は分からないし、普段そんなところで本を読んだことはない。

浦川さんは、気持ちの赴くままに、黒板の前に座り込み、続きを読み始めた。

ほどなくして、他の生徒が一人、また一人と彼の周りに集まってきた。その数はすぐに十五人ほどになった。彼らはそこで本を読む浦川さんを珍しい物でも見るように、周

たかつきし
高槻市
京都線

りを取り囲み、眺めたという。

するとと突然、正面にいる生徒の足と足の間から、一本の手が伸びてきた。子供のものではない、明らかに大人の、それでいて異様に青白い手である。その手は浦川さんの読んでいる本を引っ掴み、ページの真ん中から真っ二つに引き裂いてしまった。ビリッと大きな音がして、周りの生徒たちは「ああっ！」と驚きの声を上げた。もちろん浦川さんもだ。

ところがその後、周りにいる生徒たちは浦川さんを責め始めた。

「浦川くん、本破った！」

「そんなんしたらあかんのに！」

「え⁉　俺ちゃうやん！　なんか変な手が出てきてそれが破ったんやん！」

慌てて弁明する浦川さんだったが、手はいつの間にか消えてしまっている。みんなは彼を責め続けた。

「図書館の本やのに！」

「先生に言うたろ！」

騒ぎを聞きつけて教室に入ってきた先生に、生徒たちは浦川さんが図書館の本を破ったと告げる。

それに対して浦川さんは今あったことをそのまま先生に話した。

しかし、先生も周りにいた生徒たちも、誰一人として浦川さんの言うことを信じてくれなかった。

浦川さんは先生に叱られた。本は最終的には先生がセロハンテープで直して、再び図書室に戻された。


あの時、突然現れた青白い手がなんだったのか、未だに解らない。それどころか、なぜあの時、黒板の前で本を読みたくなったのか、なぜ生徒たちが周りに集まってきたのか、あの青白い手は片手でどうやって本を破ったのか、周りにいた生徒たちはその様子をなぜ見ていなかったのか、解らないことだらけである。

因みにその時、読んでいた本がなんだったのかも浦川さんは全く覚えていない。

そこにいた人

そのだ
園田

神戸線

「貫通路」（P・40）の体験者である松原さんのもう一つの体験である。

大学卒業後、彼はいくつかの仕事を経て、とある会社に就職した。通勤に利用するのは市バスだ。

ある夏の日のこと。昼過ぎに仕事が終わったので、いつもよりだいぶ早く帰りのバスに乗った。

昼間のバスは空《す》いている。松原さんは後ろから二番目の席に座った。

冷房の効いた車内の心地良さに、眠いと思う間もなく意識が飛んだ。

次に目が覚めると、ちょうどバスは降りる一つ前の停留所である「椎堂《しどう》」を出たところだった。

居眠りをしている間に降りてしまったのか、前を見ても他に客はいない。

下りる準備をしようと座席横に倒れている鞄《かばん》を取って肩に掛ける。

その拍子に後ろの席が目に入った。客が一人いた。

誰もいないと思っていたので松原さんは面食らった。

見たところ痩《や》せた老人である。白い開襟《かいきん》シャツを着て、最後部の五人席の真ん中で両足を投げ出すようにして陣取っている。一つ前の座席の背もたれに両肘を置いて前のめりになり、俯いてこちらに灰色の頭を向けている。顔は見えない。気分でも悪いのだろうか。

声をかけようかとも思ったが、なんとなく躊躇《ためら》われた。

そうしている間に降りる「東園田三丁目」の停留所に着いた。降車口の扉が開いたので、松原さんは鞄を肩に掛けて立ち上がった。

そこでもう一度振り返ると、そこに老人の姿はなかった。

座席と座席の間に倒れたのかと思い、慌てて覗きこむがそこにもいない。

ほんの数秒の出来事である。

見てしまった。

怖いというより不思議な感じがした。松原さんはぼんやりとバスを降りた。

ちょうどそこに母親から電話があった。思わず松原さんは用件も聞かずに一方的に今あったことを話した。

ひとしきり話し終えて落ち着いた松原さんが母親に用件を聞くと、母は「また今度言うわ」とだけ言って電話を切ってしまった。

翌日の昼間、松原さんが仕事をしていると、母親からまた電話があった。

「昨日電話したやんか。あれな……」

母は山寺さんが亡くなったのだと言った。

それを聞いて松原さんははっとした。

山寺さんとは母の古くからの友人で、松原さん自身も以前、就職の件でお世話になったことがあった。

そして、昨日のバスのあの老人が、今思うと山寺さんにそっくりなのだ。

「昨日、そのことを言おうと思って電話したんやけど、あんたがあんな話するから言われへんだんや」

山寺さんが亡くなったのは、松原さんがあの体験をする数時間前のことだったという。

虫の知らせという体験は非常に多い。

亡くなった方が目の前に姿を見せるということもあれば、もらった時計が止まったり、飾ってある写真が倒れたりといった、その方との思い出の品に変化が現れることで、その死を悟《さと》るといったこともある。

そしてそれらの体験はとても寂しく、悲しいものである。

人は死ぬ直前に魂だけが体から抜け、別れの挨拶をするために、大切に思う人のもとへと向かうのかもしれない。

屋上

木村さんは大学入学を機に小さなワンルームマンションで一人暮らしを始めた。塚口駅にもほど近いそのマンションは六階建てで、彼女の部屋は最上階の六階だ。

ある夜、バイトで遅くなり、帰宅は十二時近くになった。

マンションに入る際、何気なく上を見ると、屋上から誰かが身を乗り出して見下ろしている。暗くてはっきりとは見えないが、どうやら紫っぽい上着を着た、髪の長い女性のようだ。

こんな時間に何をしているんだろうと思いながら、マンションに入り、エレベーターで六階に上がった。エレベーターを出たところは四角いスペースになっており、左右には部屋の扉が一つずつ、エレベーターから見て正面が屋上に上がる階段である。

向かって右手の自分の部屋の扉を開けようと鍵を取り出しかけた時、はっとした。さっ

つかぐち
塚口

神戸線　伊丹線

きの女性、あれは投身自殺をしようとしているのではないか。いや、そうとしか思えない。急いで止めなくては。

木村さんは屋上への階段に小走りで向かった。階段を一段飛ばしで駆け上がろうとした時、背後でエレベーターの扉の音が聞こえた。思わず振り返る。

エレベーターには人が乗っていた。紫色の上着を着た髪の長い女。扉が完全に閉じる一瞬前、その女と目が合った。女がニタリと笑った。エレベーターはそのまま下へと降りていった。

木村さんが階段を上がってみると、その先にある鉄の扉は施錠されている上に、鎖でぐるぐる巻きにされており、屋上へは誰も出られないようになっていた。

ボタン

とよなか
豊中
宝塚線

坂上さんが小学生の頃に住んでいたのは、豊中市にある八階建ての団地だった。そこは当時にしても古く、廊下の壁は黒い染みがあちこちに浮かび、天井は破れた蜘蛛の巣がヒラヒラと揺れている、そんな幽霊屋敷のような状態だった。そんな団地でも、彼にとっては我が家である。毎朝、六階の自宅から出ると、エレベーターで一階に降り、元気に学校に行くのだった。

彼が小学二年生のある日のこと、いつものように学校から帰ってきた坂上さんは、団地のエントランスに入ると、ちょうど一階に止まっていたエレベーターに乗り込んだ。六階のボタンを押そうと手を上げる。六階のボタンは上から数えて三つ目。ところが、そのボタンを見て、彼の手が止まった。そのボタンには「3」と表示されていた。よく見ると、縦一列に並んだボタンは上から順に1、2、3、4と表示されていたのだ。いつもの配列とは逆である。入る棟を間違えたのだろうか。慌てて周囲を見渡すと、周りの壁は見慣れたものだった。いつも見る形の汚れ、いつも見る落書き、間違いなく普段利用しているエレベーターだ。

もう一度、ボタンを見る。上から、1、2、3、4、5、6、7、8、小さい数字から大きい数字へと、昇順に並んでいる。その下に「開」と「閉」のボタンが横並びに。ところが、それらのボタン以外にもう一つ、何やら見慣れぬボタンがあった。「8」と「開」「閉」のボタンの間に、なんの文字も書かれていない赤いボタンが一つ。

「これはなんのボタンだろう?」

坂上さんは気になった。

「押してみようかな」

そう思ったものの、なんとなく怖い。数字が逆並びになっていること自体、不可解なのに、このような得体の知れないボタンを押しても良いのかどうか。しかし、とても気になる。これを押すとエレベーターはどこへ向かうのだろう。或いは何か他のことが起きるのだろうか。気になる。でも押すのは怖い。

彼がボタンに向かって押そうか押すまいか迷っていると、目の前で扉がガラガラと音を立てて閉まり始めた。

　ゾッとした。扉が閉まったら、もう二度と出られなくなる、そんな気がしたのだ。彼は慌てて体を捻《ひね》りながら、閉まりつつある扉から外に飛び出した。

　転びそうになりながらもなんとか体勢を立て直しつつ後ろを振り向くと、ガラガラガシャンと大きな音を立てて、扉が閉まるところだった。同時にエレベーターは上へと上がっていった。

　坂上さんはもうエレベーターを使うのが怖くなり、その日は階段を使って家へと帰った。

　翌朝、学校に行く際にエレベーターを確認してみると、ボタンの配置はもとに戻っていた。以後エレベーターのボタンの配置が変わることはなく、坂上さんは小学校を卒業するタイミングでそこを引っ越すことになるまで毎日そのエレベーターを使っていた。

　坂上さんが高校生になったある日のこと。あの団地の日々について、お母さんと思い出話をしていた時だ。お母さんが気になることを言った。

「そう言えば、あそこに住んでた時、変な噂があったの知ってる？　団地に住んでる人で一人暮らしの人が毎年一人か二人、必ず失踪するっていうの」

「いや、知らんよ。どんな噂？」

「それがね、うちらが住んでた棟で、たまに家財道具が部屋の扉の前に山積みになってたの見たことない？　あれって、住んでる人が急にいなくなって、家賃も支払われないから、強制退去になったところやねんて。ただの夜逃げなんかもしれへんけど、部屋には通帳とか現金までそのまま残ってることもよくあったらしいって管理人さんが言うてはったわ」

　そんな話を坂上さんは知らなかったが、それを聞いた時、頭に浮かんだのはあの赤いボタンだった。もしもあの時、好奇心に負けてあの赤いボタンを押していたとしたら、自分は今頃どうなっていたのだろうか。そんなことを今でもふと考えることがあるという。

踏切

北島君は小学生の頃、大阪の豊中市に住んでいた。これはその時の体験である。

その日もいつものように友達の小杉君と話をしながら学校からの帰り道を歩いていた。たまたま話題が二人の大好きな漫画の話になり、いつも以上に盛り上がってしまった。

やがて二人が別れる十字路まで来たのだが、あまりに話が楽しかったので、敢《あ》えてそこは気づかない振りをしてそのまま通り過ぎてしまった。小杉君も恐らく同じ考えだったのだろう。何も言わず、二人ともお互いの家への道を全く無視し、話をしながらどこへ行くともなくまっすぐに歩き続けた。

しばらく行くと普段滅多に来ない場所に出た。しかし北島君も小杉君も気にせずひたすらまっすぐに歩き続ける。主人公の新しい必殺技がどうだとか、新しく登場した敵のデザインがこうだなどと、話は尽きない。

いつの間にか全く知らない町を二人は歩いていることに気が付いた。見たこともない店が並んでいる。ここはどこだろうかという不安が北島君の頭を一瞬よぎったが、帰りはもと来た道をまっすぐに帰れば良いだけである。それよりも今の楽しいひと時をもっと味わいたかった。

さらに行くと踏切に行き当たった。電車が来る気配はない。二人は尚も話に夢中になりながら、その踏切を渡った。踏切を渡りきり、前方を向いた北島君の次に言いかけた言葉が途中で止まった。思わず立ち止まり、「うわあああ……」という感嘆の声を漏らして口をポカンと開けたまま目の前に広がっている光景に思わず見とれる。

そこは一面の荒野だった。所々に草が生えているだけで、他は何もない。遠くには地平線が広がり、今まさに沈もうとしている見たこともないほどの大きな太陽に照らされて、ごつごつとした石と地面が赤く染まっている。それはあまりに美しかった。一切の音が排されたその世界では時が止まっていた。

あの太陽に向かって歩いていきたい。この美しい光景の中に入っていきたい。突然そんな欲求が心の奥底から湧き上がってくるのが感じられた。頬を撫でる乾いた風がその思いをますます強くする。

そのとき、後ろで踏切がカンカンカンと耳障りな音を立て、北島君は我に返った。振り向くと遮断機が片方ゆっくりと降りてくるところだった。

怖くなった。両方の遮断機が完全に下りてしまったら、もとの世界に帰れなくなる。なんとなくそう思った。小杉君を見るとまだぼんやりと夕日を見つめている。北島君は思わず小杉君の手を取って降りてこようとしている遮断機を潜り、踏切を走り抜けて向こう側に出た。小杉君も気が付いたようだった。

二人はそのまま来た道を走りに走り、見知った建物が見えるまで走り続けたのだった。

後日、あの場所が気になった二人はもう一度あの場所を確認しようと自転車に乗り、あの時の道をどこまでもまっすぐに行ってみた。しかし荒野どころか踏切さえ見つからなかった。それもそうだ、豊中市は大阪である。大阪に地平線が見える場所などあるはずはないのだから。

しかし、北島君はあの息を飲むほどに美しい光景を確かに見たのだ。その鮮烈な記憶は今でも彼の脳裏に深く刻まれている。

装飾を変えられた部屋

おおさか　うめだ
大阪梅田
神戸線　京都線　宝塚線

藤木さんはロックが大好きな女性である。自身でも少しギターを爪弾いたりもするが、もっぱら聴く専門であり、特にライブで盛り上がるのが大好きだった。

そんな藤木さんが当時付き合っていた徳田さんも、同じくロックが大好きだった。彼とは趣味を通して知り合い、付き合うようになってからはいつも二人でメジャー、インディーズかかわらず、様々なライブに足を運んだ。

その日も大阪のとあるライブハウスで大いに盛り上がり、その勢いのまま二人はバーに繰り出した。そこでも他の客と一緒に羽目を外して、ふと気が付くと終電はとっくに出たあと。このままでは帰られない。だが、翌日は仕事も休みだった二人は大阪梅田駅からもほど近いラブホテル街へ足を向けた。

しかし、週末ということもあってか、どの部屋も既に埋まっている。たまに空いている部屋があったと思ったら、高額なＶＩＰルーム、入って朝まで眠るだけのつもりの二人に、豪華な部屋は無用である。そんな風にあちこちのホテルを見て歩いていると、とある古びたホテルに一室だけ空いている部屋があった。しかも値段がとびきり安い。そのホテルの他の部屋も安いのだが、その部屋だけがさらに輪をかけて安いのだ。パネルにある部屋の写真を見ると、どこにでもあるラブホテルの部屋であり、特別みすぼらしい印象はない。休憩で入っていた客が出たばかりなのだろうか。二人はこの部屋に入ることにした。

室内に入って二人は思わず「あれ？」と声を上げてしまった。室内の装飾が、さっきのパネルで見た写真とは全く違うのだ。広さや作りは同じなので、同一の部屋であることはどうやら間違いないらしい。あのパネルの写真が撮られたあとに、壁紙から照明から、その全てが変えられているようだ。疑問には思ったが、朝までゆっくり寝られればそれでいい。二人は気にせず順番にシャワーを浴びて、そのままベッドに入った。

ライブで大いにはしゃいだこともあり、その疲れもあってか藤木さんはすぐに眠りに落ちた。ところが、その数時間後、彼女は腕の痛みにぼんやりと目を覚ました。何か重い物が乗っており、そのせいで両の腕が痛いほどに痺《しび》れているのだ。半覚醒状態のまま、彼女は自分の左腕の方を見た。大の字になって寝ている彼女の左腕は、体の真横に伸びている。その二の腕の辺りに徳田さんの頭が乗っているのが見えた。腕の重みは彼の頭で、ちょうど腕枕をしている状態だったのだ。

「なーんだ。あれ？　でも……」

だとしたら、同じような重みを感じている右腕には何が乗っているのか。ぼーっとした頭でそんなことを考えながら、彼女は右側に視線を転じた。そちらにも、自分の腕に乗る後頭部が見えた。誰かが背を向けて彼女の右側に寝ており、彼女の二の腕の上に頭を乗せているのだ。男だった。彼女は大の字になって、両方の腕で、二人の男に腕枕をして寝ていたのだ。

「あれ？　これ誰？　ホテルには三人で入ったんだっけ？」

眠気の所為でまともに考えることもできず、だから怖くもなかった。

変だなあ、誰なんだろう、そんなことを心の中で呟きながらも、次第に眠気が増していき、意識を失った。

次に気が付くと、右腕の上に頭は無かった。左腕の上にある徳田さんの頭からそっと腕を引き抜き、枕元の時計を見ると、もう明け方。昨夜見たことを思い出して、夢だと思おうとするのだが、両腕の痛みはまだ消えていない。

なんとなく怖くなった。徳田さんを起こして、それとなく聞いてみたが、彼はぐっすり眠っていたらしい。怖がりの彼には何も言わず、藤木さんは彼をうながし、すぐにホテルを出た。


それから二か月ほど経ったある週末、二人はまたいつものようにライブハウスに出掛けていた。ライブが終わればバーに繰り出す。そうして大いに騒いで、気が付けばまた帰る電車はなくなっていた。

彼が言った。

「またこの前のラブホに行こうよ。あそこ安いし」

彼女にしてみれば、前回あんなことがあった場所である。なんとなく行く気が起きない。なんとか他のホテルにと色々と言い訳を考えてみたが、説得力のある理由は何も思いつかず、気が付けばあのホテルの前に到着していた。

中に入って部屋を選ぶパネルを見る。あの一番安い部屋のみが空いていた。

「じゃあこの部屋を取るよ」

当たり前のようにそう言う徳田さんに「他所に行きたい」と言うこともできず、結局はまたあの部屋に入ってしまった。

室内は前回と同じく、写真パネルとは違っていた。

早々にシャワーを浴びると、二人はベッドに入った。

二人が眠ってしばらく経った頃、また藤木さんは目が覚めた。まだ夜中である。

ふとベッドの脇に誰かが立っていることに気が付いてドキッとした。その人物の顔に目をやる。徳田さんだった。ほっとして、そんなところで何をしているのかと聞く前に、彼はにっこりと微笑み、「ハイッ」と元気に言って、勢い良く右手を差し出した。プラのカップが握られている。中にはビールでも入っているのだろう。受け取れということか。わけが分からぬまま彼女はそっと手を伸ばしてそれを取ろうとした。ところが、彼女の手はカップをすり抜けて空を掻いた。思わずもう一度手を伸ばして、カップを取ろうとする。が、やはり手は空を掴むのみ。まるでホログラムのようだ。そこで彼女はさらに奇妙なことに気が付いた。ベッドサイドに立つ彼の体から、細く白い糸のようなものが伸びている。それを目で追うと、その先はベッドの方へと続き、彼女の横で眠る徳田さんの体と繋がっていた。

ハッとする。彼はベッドの上で寝ている。ということは、そこでにこやかに笑っている彼は一体何者なのか。

「ハイッ！」

また彼の爽やかな声が響き、カップを差し出される。

もう怖くて手を差し出す気も起きない。

「ハイッ！」

笑顔の彼がまたカップを差し出す。

「ハイッ！」

「ハイッ！」

「ハイッ！」

「ハイッ！」

何度も何度もカップを差し出す彼。その顔はこれまで見たことがないほどの満面の笑顔だ。

藤木さんはあまりの怖さに頭から布団を被り、ぎゅっと目を閉じて耳を塞いだ。それでも彼の声はいとも簡単に布団をすり抜け、無理矢理耳をこじ開けるようにして聞こえてくる。

どれほどその状態が続いたのか、布団の中で丸くなり、全身を固くして、いつの間にか藤木さんは意識を失っていた。

ふと気が付いた。暗い部屋の中、半身を起こすと横でまだ眠っている徳田さんの姿が目に入った。一瞬ドキッとして小さな悲鳴を上げてしまったが、昨夜のように細く白い糸で繋がった笑顔の彼の姿がどこにもないことに安堵する。途端に体の節々が痛み出し、疲れが押し寄せてきた。ずっと力んでいたからだろう。

体を捻って枕元の時計に目をやると、もう朝になっており、そろそろ部屋を出る準備をしなくてはならない時間だった。

部屋の明かりを点け、身支度を整えながら、彼を起こして、それとなく昨夜のことを聞いてみた。

「よく寝てたんで、何も知らんわ」

このままではまたこのホテルに連れてこられかねない。そう思った藤木さんは、ホテルを出たあと、昨夜とこの前泊まった時のことを思い切って彼に話した。

「そうやったんか。なんでもっと早くそのこと言ってくれへんだんや？」

思いのほか彼は素直に聞き入れてくれて、それ以降はライブで終電を逃しても、彼がそのホテルに泊まろうと言うことは二度となくなった。

窓の外

おばやし
小林
今津線

にがわ
仁川
今津線

窪田さんがまだ子供の頃のことである。

四十年以上前の話になる上に幼かったこともあり、細かいことは覚えていない。昭和五十年代ということだけは分かっているのだが、具体的にそれが何年の出来事であり、なんのために、誰と電車に乗ったのかも思い出せない。

その日、彼は自宅のある小林駅から電車に乗り込んだ。乗ったのは西宮北口方面の電車である。

電車に乗ってすぐに、椅子の上に膝立ちになり、窓から外の景色を眺めた。とてもよく晴れた日のこと、外の景色が綺麗に見えた。電車はすぐに加速し、景色がどんどん後ろに流れていく。

ふと、窓の外に自分と同じ年頃の男の子の姿があることに気が付いた。男の子は車体から十メートルほどのところを歩いている。その様子があまりに自然だったので、初めはそういう子供が電車の横を歩いていると思った。しかし、すぐにそれがあり得ないことに気が付いた。どう見ても、その子の体は宙に浮かんでおり、窪田さんが見ている窓の少し後ろの辺りを電車と同じ速度で付いてきているのだ。

どうなっているのかとよく見ると、その子は電車の進行方向に体を向けて、両足を動かして空中を歩いている。

その時の光景を今でもはっきりと思い出すことができる。子供だったとはいえ、それはあまりに衝撃的な光景だったからだ。

その後、その男の子がどうなったのか、消えたのか、それともどこか他所へ飛んでいったのか、全く覚えていない。ただ、仁川駅に着く頃にはもう居なくなっていたことだけは確かである。

小林駅と仁川駅の間には「鹿塩《かしお》」という駅があったことをのちに知った。開設は昭和十八年。当時そこには軍需工場があり、その通勤客を運ぶために作られたものである。ところが終戦直前の昭和二十年、米軍の空襲により工場は壊滅。終戦とともに鹿塩駅もその役目を終え、廃駅となったのである。

空襲の際、その周辺は目も当てられないくらいに凄惨な光景が広がったとも聞く。老いも若きも大勢が無惨な死を遂げた。生き残った者は瓦礫《がれき》の中から死体を掘り起こして、廃材を使って荼毘《だび》に付したという。

あの時、窪田さんが見た子供がどのような服装だったのかはよく覚えていないが、どこかみすぼらしかったような印象がある。もしかすると、空襲で命を落とした子供なのかもしれない。

電車が好きな子供は多い。窪田さんが見たあの少年も、生前大好きだった電車をずっと追い掛けているのだろうか。

三階の女子トイレはなるべく使わない方がいい

じゅうそう
十三
神戸線　京都線　宝塚線

十三駅からもほど近いところに、とある企業の社屋がある。装飾性を排した殺風景で機能性を感じさせるその建物の見た目は、その企業の業務内容から来る堅実なイメージにもよく合っている。

梶本さんはそこの事務員だった。結婚を機にもう退職したのだが、勤めていた八年間、実に様々なことがあったという。今で言うパワハラのような現場も見たし、仕事を越えて付き合える親友とも出会えた。そんな記憶の中に一つ、今思い出しても不思議な出来事があった。

彼女がそこに入社したのは大学卒業と同時。研修が終わり、部署に配属されたあとも、初めのうちは部署内で先輩社員から細かい業務内容を手取り足取り教えてもらった。そうやって教わったことの一つにこういうものがあった。

「なるべく三階の女子トイレは使わないこと」

彼女が勤める部署は三階である。事務所から一番近いトイレを使うなということだ。故障でもしているのだろうか。理由を尋ねてみても、先輩は「理由はそのうち、誰かから教えてもらって」とだけ言って、あとは何も話してくれなかった。ただ、故障はしていないから、使おうと思えば使えるとは言ってくれた。だったらなぜ使わない方が良いのか、余計気になってしまう。

色々と教えてくれた先輩にはバレないように、梶本さんは一度、三階のトイレを使ってみた。個室が五つ、洗面が四つのどこにでもある殺風景なトイレだった。特に不便な点も見られないし、わざわざ避ける理由を見つけることはできなかった。

それからも梶本さんは、忙しい時や別の階に移動するのが面倒な時には三階のトイレを使用することにした。

しばらくして気が付いたのだが、三階のトイレで誰かに会うことは全くなかった。やはりみんなここを避けて他の階のトイレを使っているのだろう。だとしたら、誰にも咎《とが》められることはあるまい。その後も彼女は二、三日に一度程度、そのトイレを使っていた。

ある日のこと、仕事が終わって帰る前に、彼女は三階のトイレを利用することにした。

中に入って並んでいる個室に近づくと、奥から二番目の個室の扉が閉まっていることに気が付いた。珍しいこともあるものだ。誰が使っているのか分からないが、自分も使っているところを見られるのはなんとなく気まずい。梶本さんは踵《きびす》を返してトイレからそっと出ていこうとした。その瞬間、閉まっていた個室の扉が小さな音を立てながらゆっくりと開き始めた。思わず振り返る。開いた個室の扉から、床を滑るかのように女が一人出てきた。長い髪を後ろで束ね、青白く、げっそりと痩せこけた顔の女だった。女は梶本さんの方に虚ろな目を向ける。その顔から下は、徐々に薄くなり、向こうにある窓や壁が透けて見えている。足元に至っては完全に消えてしまって見えない。それはどこから見ても幽霊だった。

梶本さんは慌ててトイレの入り口の方に向き直り、急いでその場から逃げようとしたところ、足がもつれてその場に両手と両膝を付いてしまった。早く起き上がろうとすればするほど、立ち上がれない。四つん這いになったたままもたしていると、両方の足首を冷たい手が掴んだ。

「ひいいいいい！」

思わず口から悲鳴を洩《も》らしながら振り返ると、女が腰を屈《かが》め、両手を伸ばして梶本さんの両方の足首を掴んでいた。女の両腕は異様なほどに伸びていた。

梶本さんはその女の手から逃れようと、両足をバタバタと動かしながら、なんとか立ち上がった。二つの手が足から離れたことを確認して、ふらつく足で歯を食いしばってバランスを取り、その場から立ち去った。

先輩が「なるべく三階の女子トイレは使わないこと」と言った理由はこれなのだ。

その後も、そのトイレの前を通り掛かると、たまに中で扉が開閉するような音が聞こえたり、誰かが個室の壁を強く叩いた時のような音がすることがあったが、それについては、無視し続けた。

そこで何があったのか、そこに出る女は何者なのか、誰に聞いても、答えてくれる人はいなかった。

死の色

高齢者向けの介護施設に勤める門倉さんは、仕事上、人の死に直面することが多い。その所為もあるのだろうか、彼女には死期が近い人が分かるという。

死期が近づくと、その人の目の周りに青い輪ができるのだ。それは痣《あざ》のようなものではなく、淡く光って見える。その輪は門倉さんにしか見えないのだが、それが現れると必ずその人は一週間以内に亡くなる。

一番辛いのは、その人が間もなく亡くなると分かっても、それを当人やその家族に知らせてあげることができないことである。

利用者さんの目の周りに青い輪が浮かび上がるのを見るたびに、門倉さんは沈痛な気持ちになる。そしてそんな時には、仲の良い職場の仲間にそのことを言って、共に悲しんでもらうのが常である。

にしのみや きたぐち
西宮北口

神戸線　今津線

門倉さんが見る青い輪の的中率はほぼ百パーセントなのだが、たった一度、それが外れたことがあった。

西宮にお住まいのある利用者さんのお宅に行くと、彼の目の周りに青い輪が浮き出している。

ああ、この人ともうすぐお別れだなと寂しい気持ちでいたのだが、それが一週間経っても二週間経っても亡くならない。一か月が経ち、二か月が経ち、半年が経ったが、それでもその人は亡くならなかった。

彼の目の周りの輪は、一か月が経つ頃から徐々に色が変わり始め、最終的には青からエメラルドグリーンになった。

なぜ彼が死ななかったのか。実は彼の心臓にはペースメーカーが入っていたのである。半年が経つ頃には、彼の体温は四十三度を超え、手で触ると熱いくらいになった。そうなると内臓も完全に燃え尽きており、きちんと機能はしなくなる。既に終わっているのだ。

それでも、心臓だけは機械によって無理矢理血液を全身に送り続けている。

本来、体は死んでいる状態にもかかわらず、機械によって生かされている状態がその時の彼であった。

死期が過ぎても生きていると目の周りの輪はエメラルドグリーンになる。その事実が強烈な印象として今でもはっきりと記憶に残っている。

あとにも先にも門倉さんが青以外の色の輪を見たのはそれ一度きりである。

人の死期を視覚によって察知することができるという方には何人かお会いしたことがあるが、皆一様に言うことが違う。

その人独自の認識の仕方というのがあるのだろう。

そういえば少し変わった察知の仕方をされる方がいた。風呂に入っている時に、湯気で曇った鏡に、間もなく亡くなる身近な人の名前が指でなぞったように浮き上がるというものだ。

そこまで来ると、何か見えない存在が意思を持って教えてくれているように思えてしまう。

あっちの世界は不思議である。

思い

当時、中学三年生だった隆弘君は、武庫之荘駅から歩いて十分ほどのところに家族と一緒に住んでいた。

その夜、十一時半頃、隆弘君は自室でいつものように電気を消してベッドに入った。うつらうつらし始めたその時、周囲が僅かに明るくなったことに気づいて目を開けた。部屋の入口の扉が開いており、廊下の明かりが部屋に差し込んでいる。

その光を背にして、ベッドの足元に立つ者があった。その姿は完全にシルエットになっているため誰なのか判別できないが、彼の足元の布団をもぞもぞと触っているところを見ると、どうやらお母さんらしい。隆弘君は寝相が悪いので、たまにお母さんが布団を直しに来てくれるのだ。彼はされるに任せて目を閉じた。

足元の辺りの布団をまさぐるその手は徐々に腰の方へ、そして腹、胸へと移動する。

むこのそう
武庫之荘
神戸線

そこで彼は違和感を覚えた。その二つの手が、布団の上から彼の体をゆっくりと撫で回し始めたのだ。普段のお母さんならそんなことはしない。そう思う間にも手の動きはだんだんと速くなり、ついには彼の体をぐちゃぐちゃにかき回しだした。

驚いた彼は慌てて身を起こそうとしたのだが、どうしたことか体が動かない。見るとその黒い影は身を屈めて彼の体に二本の腕を伸ばしている。手は彼の体を乱暴に撫で繰り回しながらさらに上へと伸ばされる。

こいつ誰だ？

得体の知れない何者かに布団の上から体を激しく触られている。急に怖くなった。抵抗しようともがくのだが、体が動かないのでどうすることもできない。

二本の手は腹から胸を散々ぐちゃぐちゃにしたあと、今度は彼の顔に伸びた。激しく顔中を撫で回す。その手は大きくごつごつとした、皺《しわ》だらけの男のものだった。

わあっ、やめてくれえ！　そう叫ぼうとしたのだが声は一切出ない。手は執拗に顔中をかき回し続ける。目も開けられない。息苦しい。何がなんだか分からず混乱する。ただ全身を硬直させてその不快な感触に耐えるしかない。

やめてくれ、やめてくれ、やめてくれえ！

何度も心の中で叫び続ける。そうして何度目かの声にならない叫びを上げた瞬間、驚くその手が顔から離れた。はっとして見ると、影はくるりと向きを変えて部屋から出ていくところだった。その黒い背中はどことなく寂し気に見えた。


翌朝、隆弘君はお母さんに昨夜のことを話した。するとお母さんは言った。

「それってお祖父《じい》ちゃんじゃない？」

お祖父ちゃんはここ数か月間、入院していた。ほとんど意識が無い状態で、医者からもう長くはないと言われている。だからお祖父ちゃんであるはずはない。

だが、お母さんのその言葉に隆弘君はどきっとした。顔を触られた時のあの感触、言われてみれば確かにあれはお祖父ちゃんの手だったのだ。

隆弘君はお祖父ちゃんが大好きだった。意識が無くなってからも、彼は毎週病院に見舞うことを忘れなかった。

死期を悟った人は、亡くなる前に親しい人の許へ別れを告げに現れるという話を聞いたことがある。昨夜来たのがお祖父ちゃんだということは、もしかして最後のお別れを言いに来たのではないのか。そう考えると彼は不安で堪らなくなった。今日、学校が終わったら、急いで病院に行こう。彼はそう思いながら家を出た。

その昼休み、休憩時間は滅多に顔を出さない担任の先生が教室に入ってくるのを目にした時、隆弘君は悟った。間に合わなかったと。

やはりお祖父ちゃんはお別れを言いに来たのだ。ところがそれを拒んでしまった。取り返しのつかないことをしてしまったのかもしれない。

お祖父ちゃんはきっと寂しかったのだ。お祖父ちゃんは日を追って意識不明になっていったので、最後に話したのはいつだったのか、何を話したのか、それも判然としない。

お祖父ちゃんは最後に何を言いたかったのだろう。何を思って逝ったのだろう。彼は心の中で一気にそれだけのことを捲《まく》し立てると、ただ詫びた。先生の言葉はほとんど耳に入らなかった。


数日のうちに通夜、葬式が慌ただしく執り行われた。その後もしばらく両親はばたばたと忙しくしていたようだが、隆弘君はすぐに日常に戻った。

そんなある日の夜、ベッドで寝ていると、ふと目が覚めた。開いた戸から廊下の明かりが薄く照らしている。そこにまたあの影が立っていた。

「お祖父ちゃん？」

そう言おうとしたのだが、今回も声は出せず、また、体も動かなかった。影はまた足首の辺りから彼の体を触り始めた。少しずつ上へと動き始め、顔へと達する。

節くれ立った二つの掌《てのひら》が隆弘君の顔の上をめちゃくちゃに滑る。まるで荒波の中で振り回されるようだ。お祖父ちゃんだと解っていても耐えられない。

隆弘君はまた思わず、心の中で「やめてくれ！」と叫んでいた。

不意に両手が顔から離れたかと思うと、影はこちらに背を向けて部屋から出ていった。やはり寂しそうな背中だった。隆弘君はなんと声をかけて良いのか分からず、ただそれを見送るしかなかった。

翌朝、彼は後ろめたい気持ちのまま目が覚めた。どうすれば良かったんだろう。今度お祖父ちゃんが来たらどうすれば。誰にも言えぬまま、ただ一人でそればかり考えているうちに、夜を迎えた。お祖父ちゃんは来なかった。次の夜も、その次の夜も、お祖父ちゃんが来ることはなかった。

そうして数週間が過ぎ、もうお祖父ちゃんは来ないのだと思い始めた矢先のこと。やはり夜だった。お祖父ちゃんは来た。隆弘君の体から顔へと手を動かしつつ触りたくる。まるで頭の中にまで手を突っ込まれて混ぜ繰り返されるような感覚。耐えられるものではない。

「やめてくれえ！」

心の中で、大声で叫びまくり、隆弘君はその手から逃れた。寂しそうな後ろ姿を見送る。結局何もできない。

翌朝、あれから二度もお祖父ちゃんが来たことをお母さんに話した。お母さんは熱心に聞いてくれた。そうするうちに、お祖父ちゃんが訪れるのはいずれも忌日の前夜であることに思い至った。つまり前回が初七日の前の夜、今回は四十九日の前の夜ということである。

初七日の法要は葬式の際にやってしまっていたし、四十九日もその当日の直前の日曜日に済ませてあったので、すぐには結びつかなかったのだ。考えてみればお祖父ちゃんが最初に来たのも亡くなる前の夜であった。

もしそういうことなら、次に来るのは一周忌の前夜ということになる。

隆弘君は悩んだ。お祖父ちゃんが来たらどうすればいいのか。何かしようにも体は動かないし、声も出ない。我慢すればいいのか。でもあの感覚には耐えられない。
答えが出ないまま月日は過ぎ、お祖父ちゃんの命日の前夜を迎えた。
考えあぐねた末、隆弘君は他の部屋で寝た。お祖父ちゃんは来なかった。
それ以来、隆弘君はお祖父ちゃんの忌日の前夜には、常に他の部屋で寝るようにした。
お祖父ちゃんが来ることは二度となかった。

実家を出た現在では忌日を気にすることもなくなったが、大好きなお祖父ちゃんの思いを蔑《ないがし》ろにしているようで、今でも彼の心から後ろめたさが消えることはない。

鳥肌

十年ほど前の話である。

その日はお父さんの実家で法事があったため、岸本さんは茨木市駅で電車を降りた。両親と妹も一緒である。両親と姉妹、家族四人が揃って出掛けるのも、今ではこのような法事の時ぐらいだ。

父の実家は駅から歩いて行ける範囲である。四人は西出口を出て歩き始めた。かつて長崎屋があった方に向かう。

途中、歩道橋を渡ろうと、四人は階段を上がった。両親を前に妹、そして岸本さんと続いた。

階段を上りきって前を見ると、男性が一人、歩道橋の向こうの端からこちらに向かって歩いてくるのが見えた。三十代から四十代ぐらいだろうか、背は低く、ポロシャツに

いばらきし
茨木市
京都線

ジャンパー姿で、頭は酷いくせ毛なのか、ぐちゃぐちゃに近い。彼女はその男から目が離せなくなった。なぜならその男が彼女の顔をギッと凝視しているからだ。しかもその顔がとても特徴的なのである。ゲジゲジ眉毛に長く濃いまつ毛に縁取られた大きな目、全体的に深い皺が刻まれた顔、それでいてあまり老けて見えないのは、その目がぱっちりとして、どこか若々しさを感じさせるものだったからなのかもしれない。そんな、一度見たら忘れられない顔をした男が、彼女を見つめながら近づいてくるのだ。彼女も怖くて、目を離せなくなった。

やがて男は両親とすれ違った。それでも岸本さんからは目を離さない。もともと大きな目をさらにまんまるに開いて彼女を見つめる。

妹とすれ違った。もう目の前まで来ている。男は岸本さんの方に向かって歩いてくる。このままではぶつかってしまう。男はどうしてわざわざ自分の方に向かってくるのか。

ぎりぎりのところで岸本さんは体を捻ってぶつかってくる男の体をかわした。瞬間、男とすれ違った右半身の上から下まで、荒い紙やすりをきつく当てられたような強烈な感覚に、鳥肌が一気に広がった。

「気持ち悪う！」

思わず彼女は大きな声を上げてしまった。前方を歩いていた両親と妹が振り返る。しまったと思った。すれ違い様にこのようなことを言われたら、誰だって気を悪くするだろう。彼女は慌てて後ろを見た。

そこには誰もいなかった。歩道橋の上で、一瞬前にすれ違ったばかりであるにもかかわらず、あの男は煙のように消えてしまったのだ。

のちになって、両親と妹に確認したところ、歩道橋でそんな男とはすれ違っていないということだった。

怖がる理由

そのだ
園田
神戸線

岩松さんは尼崎市内にある学校の職員である。元ヤンキーというだけあって、今でもなかなかなかの強面である。しかし中身は以前と違ってとても温和だ。

「僕、一応公務員なんですけどね、仕事終わるの遅いんですよ、毎日。大体もう夜十時は過ぎるんですわ。早く帰ってビールを飲みたいんですけどね。で、その時もね、帰ったんはもう十時過ぎてましたねえ」

帰宅するとすぐに、岩松さんはまだ起きていた幼い息子をベッドに寝かせた。

布団を掛け、「おやすみ」を言って部屋を出ようとすると、息子が消え入るような小さな声で言った。

「パパ、怖い」

見ると布団をずり上げ目だけを出して怯えている。

「どうしたん?」

「そこ。人の足……」

「え?」

震える手で息子が指し示したのは、若松さんが立っている部屋の扉のすぐ横だ。

何もない。

「足がどうしたん?」

「壁からいっぱい足が出てる……」

岩松さんは息子を見ながら不思議に思った。

「普段はそんなことを言う子じゃないんですけどね。仕方ないんで、壁に掛けてあった息子の上着を取って、足が出てるっていう壁の辺りに投げたんですよ」

パサリと上着が床に広がる。

「これで消えた?」

彼がそう言った瞬間、上着がモソモソと蠢《うごめ》いた。それはまるで上着の下にある数本の脚が動いているかのようだった。

「ぎょっとしましてね。気持ち悪いんで、その夜は息子と一緒に別の部屋で寝ることにしたんですけど。買ったばっかりの家ですよ、新築で。もうなんやねんて、そんな感じですわ」

団地暮らし

きたせんり
北千里
千里線

田嶋さんという女性から聞いた話である。

彼女は北千里で生まれ育ち、現在も住んでいるのは北千里だ。その理由は、北千里は自然豊かで環境もいいし、とても住みやすいから、つまり彼女は北千里という土地が大好きなのである。

彼女が幼い頃に住んでいたのは、そんな北千里にある府営住宅の五階の部屋だった。

今でもよく覚えている。玄関を入ってすぐに一畳ほどのスペースがあり、その右側に六畳ほどの台所、玄関から奥に行くと六畳間があり、その奥に続きになった六畳間がもう一部屋、そんな作りだった。

当時は母親と弟と田嶋さんの三人暮らし。

夜は奥の二部屋の間にある襖《ふすま》を取り外し、玄関側にお母さん、奥に田嶋さんと弟の二人が布団を敷いて寝るという風にしていた。

その夜も、いつもと同じようにそれぞれの部屋で布団に入って寝ていた。

ところが、お母さんの声に目が覚めた。何かをずっとぶつぶつ喋っている。

「お母さん？」

顔を上げてお母さんを見ると、布団に入って眠ったまま口だけを動かしている。何を喋っているのか耳をそばだてて聞いてみても、聞き取れないか、聞き取れても日本語であるということが分かるくらいで、全く意味不明だ。寝言にしては長いし、どういうことなのか見当も付かない。何よりも気味が悪い。

すると今度は弟が笑い出したのである。

「ふふふん……、うふふふ……、ふふふふん……」

お母さんが何かを言い終わるタイミングで笑い声を挟むのだ。

それは明らかにお母さんが言った言葉に反応して発せられていた。笑うということは、意味を理解しているということだろう。お母さんは冗談か笑い話でも言っているのか？

弟の様子を見ると、こちらも寝ているようだ。

お母さんが何かを話し、それを聞いて弟が笑う。またお母さんが何か言うと、弟が笑う。

この異様な状況に田嶋さんは混乱した。早く寝てしまおうと布団に入って目を閉じる。その直前、視界の隅、お母さんが寝ている方で何かが動いた。反射的にそちらに目を向け、そして愕然とした。お母さんが寝ている手前には、二つの部屋を隔《へだ》てる鴨居《かもい》がある。その真下に人の足が浮かんでいたのだ。グレーのズボンを穿《は》いた二本の足。それは上から垂れ下がり、ぶらあん、ぶらあんと揺れていた。腰から上は見えなかったが、その位置と足の動きから、どうやら鴨居から首を吊っているようだった。

首吊りの足だけが揺れているのを挟んで、お母さんは意味不明なことを喋り続け、それを聞いて弟は笑っている。そんなに広くない空間で繰り広げられているこの異様な状況に、田嶋さんは頭から布団を被り、朝になるのを震えて待つしかなかった

翌朝、お母さんと弟に、昨夜のことを聞いてみたが、何も覚えていないと言われた。ただ、揺れる首吊りの足のことを言うと、お母さんは言った。

「あんた、そんなん見たんか……。この家な、府営住宅やから、抽選に当たらんと住ま

れへんねん。抽選なんかそうそう当たるもんやない。せやのに当たったんよ。なんでやと思う?」

「ええ? そんなん分からんよ」

「ほらそこ、そのあんたがお化けを見たって言うた鴨居、そこからな首吊って死んではってんて、男の人が」

首吊りに使ったのはベルトだという。そんなことがあったため、申込者が少なく、初めて申し込んだ抽選で当たったそうだ。

しかしそんな話を聞いて、田嶋さんは暗澹《あんたん》たる気分になった。これからも夜中に目覚めるたびに、そこで自殺した男の足を見ることになったとしたら。またお母さんのわけの分からない寝言と弟の笑い声で真夜中に起こされたとしたら。

しかし、その心配は杞憂《きゆう》に終わった。その後、彼女が夜中に目を覚ますことはほとんどなく、何度か目覚めてしまった時も、そのような奇怪な光景を見ることはなかったからだ。

いじわるじいさん

きたせんり
北千里
千里線

「団地暮らし」の体験談をご提供くださった田嶋さんのもう一つの体験である。

高校生になる頃、老朽化のため、あの府営住宅の取り壊しが決まった。次に田嶋さん一家が移り住んだのも、北千里駅が最寄りである別の団地だった。さらにその後も引っ越すことになるのだが、一家が住んだのは常に北千里。

大人になり、親と離れて一人暮らしをすることになっても、田嶋さんが選ぶのは常に北千里駅の周辺地域だ。彼女はこの町が大好きなのだ。もちろん現在住んでいるのも、彼女が言うところの「北千里の緑豊かな団地」の四階にある一室だ。

この部屋を借りる際、四階のこの部屋にするか、三階の別の部屋にするか、彼女は迷ったという。どちらも間取りは同じだが、三階の部屋よりも四階の部屋の方が綺麗にリノベーションされている。しかし四階建ての古い団地なのでエレベーターは無い。階段の上り下りを考えれば一階でも低い方が良いだろう。だがどうせ住むなら綺麗な方が嬉しい。ただ四階の部屋は瑕疵《かし》物件だという。家賃はどちらも同じ。どうしようか迷った挙句、彼女は四階のこの部屋を選んだのだ。

もちろん決めるに当たって、この部屋にある瑕疵がどういったものなのかも不動産屋さんから聞いた。「心理的瑕疵」だ。

それは、近隣に墓地や火葬場、または様々な迷惑施設があったり、近所に指定暴力団の団員が住んでいるような環境にあるということを意味する。また、その物件で過去に誰かが自殺したり、殺されたり、孤独死でしばらく発見されなかったり、といったことが起きた場合もそう呼ばれる。

田嶋さんの住む部屋の心理的瑕疵とは、孤独死である。以前、そこに一人で暮らしていた初老の男性が亡くなり、発見までに数日かかったのだそうだ。あまり細かいことは敢えて聞いていないので、どの場所で、どんな人が、どうして亡くなり、発見までに何日かかったのかまでは把握していない。一つ言えるのは、人が死んで数日間放置されたということは、亡くなった場所は大変なことになっていたはずだということである。腐敗が進み、全身から溶け出した脂や体液が床に溜まり、畳だろうがフローリングだろうがそれは徐々に染み込んでいく。体には蛆《うじ》が湧き、ハエになり、そのハエが生んだ卵から蛆が湧く。臭いは相当のものだっただろう。そのような汚れは専門業者でも完全に無くしてしまうことは難しい。一見綺麗に見えても、見る人が見れば、そこで何があったのか、ある程度分かるほどの痕跡は残るものである。

田嶋さんは孤独死の現場についてそこまで詳しくはなかったし、見た目が綺麗ならと納得したそうだ。自分が今から住む家の過去を気にしたところで仕方がないのだ。

奇妙なことは、そこに移り住んですぐに起き始めた。木の板を叩くようなバシッという乾いた音や、ミシミシギシギシといった木が軋《きし》むような音、パーンという破裂音など、様々な音が部屋中に鳴り響く。初めは古い建物だから家鳴りが酷いのかとも思ったが、それにしては音が変だ。何かを擦るようなズルッズルッというような音が天井や壁の向こうから聞こえることもある。温度や湿度の変化から来る建材の軋みとは思えない音も多かった。

さらにはもっと嫌なことが起き始めた。引っ越してから数か月が経ったある日のことだ。

その日の明け方近く、眠っていた田嶋さんの顔にフーッと煙草の煙が吹きかけられた。煙草を吸わない彼女は、その強烈な煙草臭に咳き込みながら飛び起きた。明かりをつけて、何事かと周囲を見渡すが臭いの出元を確認することはできない。

団地の周りは森と公園ばかりだし、そこは四階である。煙草の煙が窓の隙間から入ってくるとは考えにくいし、そのように入ってきた臭いにしてはきつ過ぎる。第一、感覚としてはすぐそばから顔に向かって吹き付けられたのだ。どういうことなのか釈然としないが、いくら考えても原因を特定することはできないので、やむなくまた眠ることにした。

ところが、その翌晩も、そのまた翌晩も、寝ていると顔に煙草の煙を吹きかけられて、眠りを妨《さまた》げられた。起きたあとも、顔の周りに煙がまとわりつき、煙草臭さがなかなか取れない。

そんなことが起き始めると、今度は部屋中から聞こえてくる家鳴りが酷くなり始めた。バリエーションが増えたのだ。ミシミシ、ギシギシという以前からしていた軋み音に加えて、カタカタ、コトコトという何か小さくて軽いものが振動しているようなものや、ガリガリ、ゴリゴリというような何かを引っ掻いたり、削ったりするようなもの、トントントントンとリズミカルに壁を叩くようなものまで、何かの意思が立てるような音が常時聞こえてくるのだ。これは家が古いとか、温度や湿度の影響とか、明らかにそういったものではない。それに気が付くと、ますます気味が悪くなってくる。

そこで改めて思い出すのだ。この部屋のどこかで初老の男性が一人、亡くなったこと。その男性は亡くなったのち、誰にも気づかれず、ずっとそのまま放置されていたこと。もしかしたらその人が幽霊となって、未だにこの部屋に留まっているのでは？

そんなことを考え始めると、様々なことを想像してしまう。

この部屋は、彼女が入居する前に改装されたと聞いている。特に彼女が普段、過ごしているこのリビングだ。もともと台所と四畳半のフローリングの部屋だったところを、その間を仕切っている壁をぶち抜いて、一つのリビングとして広く取ってあるのだ。

そのもともと四畳半の部屋だった一角の床材が少し盛り上がっており、足で踏むとへこむ。足をどけるとまた盛り上がる。管理会社にそのことを伝え、修繕してもらおうとしたのだが、これは湿度の問題なので、直しようがないと言われた。ここだけ湿度の影響でこんな状態になるとはどういうことなのか。もしかしたら前の住人はここで死んだのではないのか。そんな考えが脳裏をよぎる。そこに立つと、その一角だけ気温が低いように感じるのも気味が悪い。

田嶋さんは、それを単なる思い込みだと自分に言い聞かせて、それについてはもう考えないようにした。


そんなある夜のこと。別の部屋からリビングに戻ってきたところ、背後に気配を感じた。反射的に振り返る。そこは例のへこむ床だ。その位置に普段見ないものがあった。人の足だった。ベージュのズボンを穿いた裸足の大人の二本の足である。股の辺りから上は全く見えなかった。

見えたのは一瞬だけだったが、それは確実に男のものだ。ついに見てしまったと思い、ぞっとした。やはりここには前の住人が今でもいるのだ。部屋中で鳴る音も、煙草の煙も全部そいつの仕業なのだ。彼女はそう確信せざるを得なかった。かと言って引っ越すわけにもいかない。まだ移り住んで半年ほどだ。田嶋さんは我慢して住み続けることを決意した。

それ以降も軋みと煙草の煙は続いた。リビングではたまに足を見てしまうこともある。これはもう嫌がらせのレベルである。怖いというよりも、だんだんと腹が立ってくる。

特に煙草の煙である。安眠妨害も甚《はなは》だしいし、その臭いのせいで気分が悪くなることもしばしばだ。

田嶋さんは見るからに偏屈で意地悪そうな老人の姿を想像した。ベージュのズボンを穿き、火の点いた煙草を持っている。こんな奴が目の前に現れたら、怒鳴り散らしているだろう。

そんなある日のこと、ついに彼女をブチ切れさせる決定的な出来事があった。

しばらく使わない食器があったので、それを仕舞おうとした時だ。仕舞うのは納戸の一番高い位置にある棚。手を伸ばしただけでは届かない。田嶋さんは脚立を納戸の前に置き、食器を持ってそれに上った。その途端、ガンッという音と共に脚立が倒れた。田嶋さんは抗うこともできず、倒れる脚立もろとも床に落ちた。下には四角いゴミ箱が。それに脇腹を強打した。

激痛にのたうち回りながら、彼女は思った。脚立は明らかに誰かに蹴られた。蹴ったのはあいつしかいない。この部屋でくたばった前の住人だ。彼女の脳裏に、前に想像した〝いじわるじいさん〟の姿が蘇った。

猛烈に怒りが湧いてきて、それは一気に痛みを凌駕し、怒鳴り声になって口から噴き出した。

「このジジイなにしやがんねん！　この部屋がこんだけ綺麗になってんのは私がいるお陰やぞ、分かってんのかコラ！　そんな嫌がらせしとったらシバキ倒すぞ！　舐めんなクソが！」

翌日になっても痛みが引かなかったため、病院に行ったところ、肋骨が三本折れていることが判った。

田嶋さんは帰宅するなり、見えない〝いじわるじいさん〟に再度大声で怒鳴った。

「お前、肋骨三本折れとったやないか！　めっちゃ痛いわ！　殺す気か！　そっちがその気やったらなあ、こっちにも考えがあるわ！　覚悟せえよこのボケクソカスが！」

勢いで「考えがある」と言ったものの、本当に何か考えがあったわけではない。しかしなんでもやってやろうと本気で考えていたことは間違いない。それが相手にも伝わったのだろうか。不思議なことに、前々から田嶋さんを悩ませていた怪異がピタリと止んだ。家中に響く音も、寝ている時の煙草の煙も、怪異と呼べるものが全て無くなったのだ。

あれほど毎日当たり前のように起きていた怪異である。いつまた再開するかもしれない。そう思って様子を見ていたものの、一週間、二週間、やがて一か月、全く何もない平和な日々が過ぎていった。

そんなある日のことだ。寝ている彼女の顔にフーッと息が吹きかけられた。途端に強烈な煙草の臭い。かつて彼女を毎晩悩ませていた、あの臭いだ。

「うっ」と小さく唸《うな》り、彼女は顔をしかめて飛び起きた。ついにまた始まったかと、部屋の中を見回した。窓のカーテンの隙間からは朝の光が差し込んでいる。外は随分明るいようだ。

田嶋さんははっとして時計を見た。もう七時半を過ぎている。その日は大切な仕事があり、いつもより早く起きる必要があった。その時間はとっくに過ぎている。どうやら目覚まし時計をセットし忘れていたらしい。田嶋さんは慌てて身支度を整えて家を出た。仕事にはぎりぎり間に合い、事無きを得ることができた。

田嶋さんは思った。ひょっとして仕事に遅刻しそうになっているのを爺さんが助けてくれたのかと。意外と自分に怪我をさせてしまったことに対して申し訳なく思っているのかもしれない。

「爺さん、ありがとう」

　そこから田嶋さんは、見えない爺さんに対して毎日線香を一本あげることにした。リビングのへこむ床の近くに小さな棚を置き、そこに爺さんを祀《まつ》るためのちょっとしたスペースを設けたのだ。

　そうすると不思議なもので、部屋の空気が明らかに変わった。今だからこそ分かるのだが、以前は部屋の中に常に何かの気配があったのだ。それが綺麗に消えた。

　その後、しばらくは毎日線香をあげていたが、気配も怪異も収まった。もう納得して成仏したのかと、線香をあげるのをやめると途端に気配が戻り、嫌がらせが始まった。部屋を歩いていると何もないところで足を引っかけられ、転びそうになるのだ。どうやらいなくなったわけではないらしい。これは、今後も毎日線香を焚《た》けということなのだな。そう理解した田嶋さんは、一日一本の線香を絶やすことはなくなった。そうすれば大人しくしていてくれるのだ。

　田嶋さんはこれまでの経験から、見えないからと言ってそれがそこにいないとは思っていないし、ましてや排除しようなどとは思わない。このお気に入りの街に建つお気に入りの団地の部屋で、お互いに干渉することなく仲良く共存していきたいというのが本音だ。

たまに線香を忘れると、途端に濃密な気配が部屋を満たし始め、それでも放っておくと足を引っかけられる。そんな時は一言「ごめんね」と言って、急いで線香を焚く。そんな生活が現在でも続いている。

北館のプール

現在もある高校の話なので、校名と最寄りの駅名は伏せることにする。

その高校では、奇妙なことが頻発しているという。

今から十年ほど前にその高校に通っていた神宮寺さんは、当時水泳部に所属していた。部活の大半は当然のことながら、プールで行われていた。

学校のプールは北館と呼ばれる棟の一階にあった。

プールには何本かのコースロープがまっすぐに張られ、いくつかのコースを形作っていた。そのコースをゴール目指して泳いでいると、水を掻く手が誰かの体に当たる。

「あ、すみません」

慌てて謝ろうとその場に足を着いて立ち、周りを見回すが、誰もいない。そんなことが二、三回はあった。

しかもこれは彼女だけの体験ではない。他にも多くの生徒が体験しているのだ。

また、こんなこともあった。神宮寺さんと同じ水泳部のある女子部員がコースを泳いでいた時だ。ゴールまであと少しというところで泳ぐのをやめ、「もう無理、泳がれへん」と言いながらその場で泣き始めた。慌てて神宮寺さんら他の部員が駆けつけ、どうしたのか理由を聞いても何も答えず、そのまま帰ってしまった。その女子部員はしばらく部活を休んだ。

後日、どうしても気になった他の部員が改めて理由を尋ねると、彼女はこんなことを言った。

泳いでいる時に、前方のゴール地点の隅を見ると、プールの底に沈んで、小さな男の子が膝を抱えて座っているのが見えたのだと。男の子は水の中であるにもかかわらず、服を着たままだったそうだ。

怪異な体験をしたのは生徒だけではない。教師もそのような体験をすることがあったらしい。

水泳部は大きな大会の前など、校内で合宿を行う。その際、付き添いの教師はプールの前にある教官室で寝泊まりする。

これは神宮寺さんが先輩から聞いた話である。その年の合宿で、教官室を使っていたのは二人の教師だった。

真夜中、外からバタバタと複数の人が走り回っているような音が聞こえてきた。こんな夜中に誰が走り回っているのかと廊下に出てみると、暗い中、数人の小さな男の子が走り回っており、闇の中に姿を消した。

神宮寺さんの先輩は、そのような話を体験した顧問の先生から直接聞いたという。

北館では、一階のプールだけではなく、地下にある体操室でも様々な不思議な出来事が起きているという話もある。

その学校が建っている土地は、かつては墓地だった。これは地元の者なら誰もが知る事実である。そこに、北館で起きる怪異の原因があるのだろうか。

現在も北館は使用されている。

車庫入れ

夕方。買い物を終えて岡田さんは車で西宮市内のマンションに帰ってきた。

駐車場に入れるため、車をバックさせようとルームミラーを見ると、車の後ろに十歳前後の男の子が立っているのが見えた。

絣《かすり》の着物を着たおかっぱ頭の少年だ。右手で右の耳を押さえながら、じっとこちらを見ている。

慌てて後ろを振り向くとどこにもそんな子はいない。

何かを見間違えたのかと思い、もう一度ルームミラーを見ると、今度は後部座席に乗っており、目が合った。やはり右耳を押さえている。

ぞっとして車から飛び降りたところ、そこは緩い坂になっており、ハンドブレーキを掛けていなかった車はコロコロと坂道を下り始めた。

にしのみや きたぐち
西宮北口
神戸線　今津線

「いけない！」

慌てた岡田さんは車を止めようと、思わず車の前に飛び出した。

当然、女性一人の力で車を受け止められるはずもなく、彼女は自分の車に轢《ひ》かれてしまった。

不幸中の幸いというべきか、彼女は完全に車の下に潜る形となり、大きな怪我には至らなかった。

ただ、頭を引きずられた際に右耳がちぎれてしまい、以来、右の耳が聞こえづらくなってしまった。


少し引っ張られただけでも痛い耳である。それを引き千切られる時の痛みとは一体どれほどのものだろうか。

できれば経験したくないものである。

アウトな物件

いたみ
伊丹
伊丹線

　真唯さんは非常に鋭い方である。俗に言う霊と呼ばれる存在を見たり、感じたりすることがとても多かった。世間で言う「霊感がある」という状態なのだろう。

　結婚前、現在の旦那さんである博隆さんとまだ付き合っていた頃も、奇妙なものに遭遇することが多々あり、そういったものを全く感じない彼にそれを理解してもらうにはそれなりに時間がかかったそうだ。

　結局のところ、彼がどうして理解してくれたかというと、真唯さんと一緒にいるうちに、彼の方にもそういった感覚が研ぎ澄まされてしまったからである。結婚して二人の子供に恵まれた現在では、博隆さんも真唯さんほどではないにしろ、同じものを見たり、感じたりすることが普通になった。

　さて、そのような感覚が特に役立つのは、新居探しの際である。内見に行った時に、何か良くない存在がいれば、すぐに解るからだ。真唯さんはそんな家を「アウト」と呼んでいる。現在のマンションに引っ越してくる前にも、内見の時に「アウト」が連発したことがあった。たとえば、よく晴れた日、窓が開け放たれているにもかかわらず、暗くて室内が見えないことがあったり、廊下が冷凍庫の中かと思うほどに寒かったり、そんな明らかに怪しい物件ばかり紹介されたのだ。一度など、和室に入ろうと襖を開けたらそこに腰の曲がったお婆さんが座っており、思わず声を上げてしまったこともあった。どうやらその部屋で亡くなられた方らしい。すぐに襖を閉めたが、不動産屋さんには怪《け》訝《げん》な顔をされてしまった。

そんなアウトな物件をやり過ごして、ようやく見つけたのが現在住んでいる、伊丹市にあるこのマンションだった。内見で入った時も何も感じなかった。部屋の数や広さも申し分ない。家賃は少し予算オーバー気味ではあったが、欲張っていてはきりがないということで、ここに決めたのだ。

ところが、この問題のないはずの部屋で、それは引っ越してきた翌日に起きた。

その夜、まだ至るところにたくさんの段ボール箱が積み上げられている中で、布団だけを出して、眠ることにした。

寝たのはリビングの一角にある襖で仕切られた畳敷きの和室スペース。そこで家族四人が川の字になって眠ることにした。

ところが、夜中に目が覚めた。誰かが襖をダン！　ダン！　ダン！　ダン！　と大きな音を立てて外から叩いている。襖は外れそうになるくらいに揺れていた。子供がいたずらをしているのかと思ったが、横を見ると二人とも静かに寝息を立てている。だったら夫かとも思ったが、彼は彼で襖とは反対側で寝ていた。だとしたら叩いているのは誰か、と思った瞬間、意識がギュッと引っ張られ、まるで夢の中にいるかのようなぼんやりとした感覚に陥った。いやこれは間違いなく夢だ。自分は急に眠ってしまい、今は夢を見ているのだ。そんな風に思った。

ふと足元を見ると、全く知らない老婆が立っている。老婆は音も立てずに真唯さんの顔の方に近づいてくると、屈んで彼女の顔を覗き込み、低く静かに言った。

「お前、見えてるんだろ。解ってるんだからな。なぜ認めない？」

真唯さんは「見えてない、見えてない」と頭の中で繰り返しながら無視を決め込む。そうしている間もずっと襖は叩かれ続け、ダン！　ダン！　ダン！　と大きな音を立てていた。

老婆はさらに続けた。

「いい加減に認めろ。見えてるんだろ。お前、見えてるんだろ」

蔑《さげす》み咎めるような意地の悪いその声と言い方である。恐怖のあまり生きた心地がしない。ギュッと両の目を閉じて、襖を叩く音と老婆の声に耐えながら、「見えてない、見えてない」とずっと心の中で唱え続けた。

相当に長い時間が過ぎた。ゆっくりと目が覚める感覚があり、そっと目を開けるとそこに老婆の姿は無く、襖も静かになっていた。外は白々と明るくなり始めていた。

引っ越しの疲れもあって、このような恐ろしい夢を見たのかとも思ったが、あとになって起き出した博隆さんは言った。

「昨日の夜、なんかずっと襖、揺れてたよね。うるさくなかった?」

あれは夢ではなかったのかと、真唯さんは愕然とした。明らかに尋常ではない。内見の時は全くなんの問題もなかったのに、ここもアウト物件だったのだろうか。そんな思いに囚われながら、ここでの不安な日々は始まったのだ。

実際、それ以後も奇妙なことはよく起きた。

たとえば、四畳半の部屋があるのだが、そこから知らない人が出てくることがあった。

一度や二度ではない。昼と言わず、夜と言わず、そこから何食わぬ顔をして様々な人が現れるのだ。サラリーマン風の男や、セーターを着た中年の女、腰の曲がった老人もいれば、白衣を着た男もいる。年齢や性別、時代もなんとなく違うように思える。流石《さすが》に侍や落武者のような者はいないが、昭和を思わせるような古めかしい格好の者が混じっていたりする。そういった者たちがあまりに現実感を伴って現れるので、ある時など、夫が帰ってきたのかと思って「おかえり」と声をかけたこともあるほどだ。

そのような存在が姿を現すのは四畳半の部屋だけではない。家中の様々な場所で、真唯さんだけではなく、家族全員が目にしているらしい。たとえば下の子は何もないところを指差して「ママ、あそこに人の顔があるよ」などとよく言うし、上の子も子供部屋で知らないお婆さんに話しかけられたなどと言うことがあった。子供がそんなことを言う時は、真唯さんは二人が怖がるといけないので「あれはスタンドだよ」と言って誤魔化すことにしている。「スタンド」とは人気漫画に出てくる一種の守護霊のようなものであり、二人のお子さんはそのアニメ版をよく見ているのだ。「スタンド」と言えばなんとなくカッコよく、少なくとも幽霊的な怖さを感じることはないだろう。

そんな毎日が続き、ここに引っ越してきて五年が経つ。家族の誰かが怪我をしたとか、重い病気になった、といった「障《さわ》り」と考えられるようなことは一切ないため、なんとなく怖さを紛《まぎ》らわせて過ごした五年間だった。

その間、実に様々な不思議な出来事があった。主だったものを紹介していくことにしよう。


【深夜の作業】

真唯さんはアクセサリー作りを長年にわたりやっている。デザインから加工まで、全て一点一点手作りし、フリーマーケットや手作り市などで売ることもある。出店が決まればその日に合わせて一定数は在庫を確保しなければならないのだが、アクセサリー作りは時間のかかる作業であり、間に合いそうにない時は睡眠時間を削って深夜に行うことも多い。

そんな風に徹夜で作業をしていると、部屋の床下からドンと叩かれることがある。印象としては、階下の住人が棒のようなもので天井を勢い良く突いたような感じだそうである。

だが、彼女の部屋はマンションの一階、階下に部屋は無い。

時間は午前四時頃が多いという。

【足踏み】

真夜中、寝ているとリビングからドン、ドンという音が響いてくることがある。なんの音か確かめるために、寝室を出てリビングの方に行くが、寝る時はリビングの扉を閉めているので中の様子は分からない。

音の様子から、どうやらダイニングテーブルの上に誰かが乗って、力強く足踏みしているようだ。音が重いので、少なくとも小さな子供ではないらしい。

そんな音がするのはいつも決まって、博隆さんが出張で留守にしている夜である。

リビングの扉を開けて確認する勇気はないので、犯人の正体は分からないままだ。

【子供の姿】

夕食を終え、後片付けをしていると、リビングにあるソファに小さな子供が座っているのが見えた。下の子だろう。何をやっているのかと近づくと、全く知らない子供だった。黄色に赤と青の丸い模様のついたセーターにジーパン姿である。年齢は三歳ぐらいだろうか。

彼女がはっと息を飲む間に、その子供は大きく口を開け、天井を仰ぐと煙のようにスッと消えた。


【写真】


部屋に置いておいたスマホを見ると、いつの間にか電源が切れていた。電池が切れたのかと思いつつも、念のため電源を入れてみるとすぐに起《た》ち上がった。電池切れではなかったらしい。ところが、メーカーのロゴのあとに表示されたのは、待受画面ではなく、何かの写真だった。

リビングで撮られたものだ。キッチンの方からリビングの奥にあるテレビに向けて写されている。その画面の真ん中を小さな子供が歩いていく姿があった。激しくブレているので顔は判別できないが、黄色い服にジーンズという出で立ち。どうやらソファに座っていたあの時の子供らしい。

写真は見ている前で、やはり煙のようにスッと消えてしまった。

もちろんそんな写真を撮った覚えはなく、データも残っていない。

【テレビ】

夜になるとリビングにあるテレビが勝手に点くことがある。

主電源が入り、画面が真っ暗なまま、大勢で笑う声が聞こえてくる。消そうとしても、音量を調整しようとしても、全くいうことを聞かない。

笑い声がしばらく続いたあと、おもむろに電源が落ちる。

そんなことが続いていたのだが、ある夜からパターンが少し変わった。

真夜中、リビングからテレビの音が聞こえてくるので、見に行ってみると、消したはずのリビングの電気が点いており、テレビには放送中の番組が映し出されていた。お笑い芸人が何かのロケをしているところだ。消そうとしても、やはり操作はできない。諦めてリモコンをテーブルに置くと、テレビは消えた。

ほっとして部屋から出ようとしたら、また電源が入り、今度はサブスクリプションの配信チャンネルの画面が映し出された。

再度リモコンを使って消そうとするが、全く操作はできなかった。諦めて放っておいたら、一分ほどしてテレビと部屋の電気が一気に消えた。

その夜から、深夜になると勝手にテレビが点くことが増えた。一度など、勝手にテレビが点いたあと、配信番組の選択画面になり、カーソルが勝手に動いてアニメ『鬼滅の刃』が選ばれたことがあった。その動きには全く迷いが感じられなかった。『鬼滅の刃』は一話分がまるまる再生され、番組が終わると同時にテレビの電源は勝手に切れた。

因みに翌朝になると、テレビは問題なく操作できるようになっている。

【引っ張られる】

真夜中、博隆さんはふと目が覚めた。

体が全く動かず、声も出せない。それでもなんとか動こうともがいていると、足元に誰かが立っていることに気が付いた。それは女だった。背が高く、ガリガリに痩せている。長い髪を前に垂らして俯いているため、顔は見えない。あまりに気味が悪いその女の姿に息を飲む。

突然、その女が屈んだと思ったら、彼の両方の足首を掴み、グッと引っ張った。全身にずるずると擦れるような感触があり、彼の意識は体から抜けた。

女に引きずられるままに、部屋の扉を抜けて廊下に出る、その直前に布団の方を見ると、まだそこで横たわっている自分の姿が一瞬見えた。

あっと思う間もなく、一気に廊下を抜けて、玄関まで連れてこられた。そこで女の手は離れ、次の瞬間には布団の上、反射的に勢い良く起き上がったところだった。


他にも日常的に実に様々な不可解な出来事が現在でも続いている真唯さんの家。

内見の時には何も感じなかったのに、なぜここまで奇妙な出来事が起きるのか、その原因について思い当たることがあるという。

真唯さんが言うには、原因はこの部屋ではなく、隣の部屋なのではないかと。

彼女らがここに住み始めてからの五年間、隣室は何度も入れ替わっている。三か月以上住んだ家族はいないのだ。

誰かが引っ越してきて、挨拶に来られるが、またほんの数か月もするといつの間にか空室になっており、またすぐに別の家族が移ってくる。しかし、また数か月もするといつの間にか空室に、そしてまた新たな住人が、その繰り返しだった。そのため、真唯さんの家では、小さな洗剤の箱が数個、使われることなく洗濯機の横に積まれている。

よく考えてみると、得体の知れない人物が次々と出てくる例の四畳半の部屋も、お隣の部屋に面しているのだ。

現在、隣に住んでいる一家は、これまでと比べると長く住んでおり、もう一年以上は経つ。家族ぐるみで仲良くしており、さりげなく聞いてみるが、何も奇妙なことは起きていないらしい。

真唯さんの一家は現在も奇妙な現象に苛《さいな》まれており、理不尽に感じることもあるが、今のところ引っ越すことは考えていないそうだ。

きっかけ

当時、石光さんが住んでいたのは西宮市内にある二階建ての借家だった。

もともとは両親と三人暮らしだったが、彼女が小学二年生の時に弟が生まれた。

それはお母さんが生まれたばかりの弟と一緒に病院から自宅に帰ってきた、その日の夜のことだった。

いつものように一階の自分の部屋で寝ていた石光さんは、玄関の扉を開ける音に目が覚めた。すぐにバタンと扉の閉まる音がする。

続いて誰かが家に上がり込む足音が聞こえた。

誰かが入ってきた。泥棒かもしれない。

隣で寝ている両親を起こしに行こうとしたのだが、足音が彼女の寝ている部屋に近づいてきたので怖くなり、頭から布団を被って寝たふりをした。

くらくえんぐち
苦楽園口

甲陽線

足音は部屋の前を通り過ぎ、階段を上がって、二階の最初の部屋に入っていった。

そしてその部屋をグルグルと回り始めた。

足音は一定の速さでずっと同じところを歩き回っている。

石光さんは布団に潜《もぐ》ったまま、二階の部屋を誰かが歩きまわるミシミシという音を聞きながら、夜明けを迎えた。

朝になり、石光さんは両親にそのことを告げた。

すると二人とも、その足音が玄関から入ってきた時から気づいていたという。

お父さんもお母さんも石光さんと同じように、二階の床を踏みしめる音を空が白み始めるまで聞いていたというのだ。

それから毎晩、足音はやってきた。玄関から入ってきて二階の部屋に行き、明け方までグルグルと回る。

両親が足音の正体を確かめようとか、お坊さんに来てもらおうなどと言いだすことはなかった。

また、足音が玄関から入ってくるのは聞いても、出ていくところを聞いたことは一度もなかった。

しばらくして石光さんも慣れっこになってしまったが、弟が五歳になった途端に足音がやってくることはなくなった。

その数年後、石光さん一家は他の家に引っ越し、現在その家がどうなっているのかは分からないという。

イヤリング

余田さんが中学一年の時に体験した話である。

その年の十月、余田さんは長年習っているマリンバの発表会に出ることになった。

会場は塚口駅からもほど近い、県立の劇場である。

会場に着くと、彼女と同じように煌《きら》びやかに着飾った他の出演者たちの姿もある。

出番の時間が迫り、彼女は控え室で鏡を見た。ドレスに乱れはないか。髪型は整っているか。イヤリングは、と見るとイヤリングの片方が無い。慌てて辺りを見るが、どこにも落ちていない。劇場に来る前に立ち寄ったレストランで昼食を食べたあと、お手洗いで見た時は確かにあったのだ。どこで落としたのだろう。同行した家族みんなで、劇場内の歩いたところを探してみたが見つからない。

そのイヤリングは、その日着るドレスの歯車の模様に合わせて、小さな歯車をレジン

つかぐち
塚口

神戸線　伊丹線

で固めた自作のものだ。替えはない。

「最悪〜、最悪〜」

せっかく発表会にと思って、作ったものなのに。

あまり探している時間もないので、ひとまずお母さんに記入してもらった劇場の落とし物カードを係員に提出し、余田さんはイヤリングを片方だけ付けて、舞台に立った。

演奏は上手くいき、発表会は大成功に終わったものの、やはりイヤリングは残念だ。

「せっかく素晴らしい思い出になるはずだったのに。もっと気を付けていればよかった」

そんな風に思いながら帰宅し、着替えに自室に行ってみると、タンスの前の床に何かが落ちている。それは失くした歯車のイヤリングだった。

イヤリング

訴え

そのだ
園田

神戸線

園田にお住まいの寺山さんは、旦那さんと、大学生になる娘と息子の四人家族である。ある夜のこと。ふと目が覚めた寺山さんが足元を見ると、そこに女が立っていた。最初は自分の娘かと思ったが、すぐにそうではないことが解った。年齢は十五、六歳ぐらい、紺色の薄汚れた着物を着た、おかっぱ頭の見知らぬ女の子だ。表情は読み取れないが、じっとこちらを見つめている。

怖くなって悲鳴を上げようとするのだが、声は出ないし体も動かない。どうすることもできないと悟った寺山さんはただひたすらに心の中で「私は何もできません。他所に行ってください」と繰り返し呟く。

しばらくして、女の子はゆっくりと右腕を伸ばして、寺山さんの隣で寝ている夫の方を指差した。何を訴えようとしているのか。やがてゆっくりと向きを変え、部屋の扉を開けて廊下に出ていった。

寺山さんの体に自由が戻る。彼女はがばっと起き上がると隣で寝ている夫の肩を揺すって起こした。

「うわあああ!」

いきなり大声を上げて夫は上半身を起こし、寺山さんを怒鳴りつけた。

「人が寝てる時にお前はなんで起こしたりするんや!」

普段は声を荒げることなどない夫のその言葉に寺山さんは大いに驚いた。

「ちょっと夜中やねんから、そんな大声……」

と、途中まで言いかけて、寺山さんははっとして立ち上がり、部屋から飛び出した。

さっきの女の子が向かった廊下の先には娘の絵美子さんが寝ている部屋があるのだ。娘が心配だ。寺山さんが娘の部屋に走ると、ちょうど部屋から飛び出してきた絵美子さんと鉢合わせして、二人同時に悲鳴を上げた。

「大丈夫⁉」

声をかける寺山さんの両腕を掴みながら、絵美子さんが言った。

「お母さん、出た!」

取り乱す絵美子さんに寺山さんが言う。

「分かってるから。もう大丈夫やから」

そう言いつつ、絵美子さんの部屋の中を確認したが、もう着物の女の子の姿はどこにもなかった。

あとで話を聞くと、絵美子さんも目が覚めると部屋の入口のところに着物姿の若い女が立っており、じっと見つめられたという。

そして若い女は腕を持ち上げ、両親が寝ている部屋の方向を指差したそうだ。

その後、若い女はどんどん薄くなって消えていった。それを見て絵美子さんは慌てて起き上がり、部屋から飛び出したところで母親とばったり顔を合わせたのだった。

「今日はこっちの部屋で一緒に寝よう」

寺山さんが絵美子さんを誘い、二人で夫のいる部屋に戻った。

夫に今あったことを説明すると、夫は興味なさそうに言った。

「そんなことあるかいな。あほらしい」

夫はまだ機嫌が悪いらしい。寺山さんは取り合わず、その晩は三人で並んで寝た。夫もそれ以上文句は言わなかった。

翌朝、夫はまだむすっとしていた。その日は日曜日なので仕事も学校も休みだ。昨晩、あんなことがあったので、台所で三人集まってぼんやりお茶を飲んでいると、深夜バイトに行っていた息子が帰ってきた。彼は台所に入るなり、顔を顰《しか》めて言った。

「昨日何かあったやろ！　めっちゃ空気重いで！　それに何か変な匂いもするし」

寺山さん達三人には空気や匂いの異変は分からない。

「絶対何か変なもんおるわ、この家」

息子は時々そういったものに敏感になる瞬間があるのだが、その時もそういう状態だったのかもしれない。

「やっぱり話すわ。実は昨夜な……」

息子の言葉を聞いた寺山さんの夫が急に語り始めた。なんだか少し照れ臭そうである。

昨夜、寺山さんに起こされるまで旦那さんは夢を見ていたのだという。とても恐ろしい夢だった。

彼は山の中にある墓場にいた。いや、いたというより浮かんでいたといった方が正しい。彼の体はふわふわと浮かび、人から忘れられたような古い墓地を少し高い中空から眺めていたのだ。

墓石には苔が生え、角が丸くなり、中には倒れているものや崩れているものまである。彫られている文字が読めるようなものは一つもない。

そんな墓を見下ろしながら、彼は空中を泳ぐようにして奥へと進んでいった。

墓石は延々と続いている。その向こうに一人の女が立っていた。齢は十五、六歳、頭をおかっぱにし、古びた紺色の着物を着ている。その女が指差す足元には、倒れて半ば土に埋もれた墓石。

何かを訴えるような女の目が自分に注がれる。

「そこでお前に起こされたんや」

夫がずっと怒っているような態度だったのは、自分が怖がっていたことを悟られまいとしてのことだったようだ。

「多分その女、まだいてるで、家の中に」

息子がそう言うので、寺山さんらは近所のお寺に行き、お経を読んでもらった。そうして帰宅すると、さっきまでとは家の雰囲気がすっかり変わっていることが感じられた。

空気が澄んでいる。清々しい。

前日に寺山さんは京都を観光しており、たくさんの無縁仏が祀ってあるお寺にも参拝していた。そこから連れて帰ったのかもしれない。彼女はそう考えている。

吐き気

藤島さんはこれまでに様々な不思議な体験をしてきており、それについては以前にも書かせてもらったことがある。

彼女のそういった気質はお母さん譲りだそうで、お母さんは彼女以上に不思議な体験が多いのだそうだ。

これは藤島さんが高校生だった頃の話である。

いつものように彼女が学校に行くと、普段は明るく向こうから挨拶してくる友達の亜矢ちゃんが元気なく席に着いたまま俯いている。

「亜矢ちゃんどうしたん？」

気になって声を掛けてみると、亜矢ちゃんは青白い顔を上げて言った。

「うん、気分が悪いねん」

「吐きそうなん？」

亜矢ちゃんは大丈夫だと答えるが、あまり大丈夫そうには見えない。そこで保健室に連れていこうとしたのだが、朝から行くのは抵抗があるらしく、もう少し我慢してみると言う。

そのうちに先生が来て一時間目の授業が始まった。

しばらく授業を受けていると、藤島さんも気分が悪くなってきた。胸がムカムカして吐き気がする。

一時間目が終わるとすぐに亜矢ちゃんがやってきた。

「恵子ちゃん、さっきは心配かけてごめんね。もうすっかり治ったよ」

そう言うが今気分が悪いのはこっちの方だ。まともに答えることもできずにいると、それを察した亜矢ちゃんが藤島さんを保健室に連れていってくれた。

ベッドに寝かされたが、保健の先生が洗面器を持ってきてくれた途端にそこに吐いてしまった。

それでも気分の悪さは治まらず、その後も何度か嘔吐し、その日は早退することになった。

一人で帰れるか心配する保健の先生には大丈夫と言って学校を出たものの、霞《かす》む視界とふらつく足で、どうにか電車に乗ったことは覚えているのだが、その後、どこをどう帰ったのかも分からず、気が付くと自宅の玄関前に立っていた。

「ただいま」とも言えずに家に入り、布団を敷いてもらおうと母がいるだろう台所へと向かう。

ところが、フラフラする足を引きずって廊下を進んでいくうちに、徐々に気分の悪さが薄れていき、台所に入るとすっかり治ってしまった。狭い家である。玄関から台所までは、たかだか七、八歩だ。

あまりに急な体調の変化に藤島さんはそれまで夢でも見ていたかのような妙な感覚を覚えた。

その後も特に気分が悪くなることもなく、藤島さんは一日家でのんびりとして過ごした。

翌朝、台所に行くと、お母さんがぐったりと椅子に腰掛けている。

なんだか疲れきっているその様子にどうしたのか聞くと、こんなことを言った。

「昨日の夜、ほとんど寝られへんだんよ。寝てたらな、玄関がぼわーっと開いて、それで目え覚めたんよ……」

玄関の開く音がして、廊下を歩く足音が聞こえてきたのだという。足音は部屋の前まで来て止まった。

すーっと襖が開き、入ってきたのは、丸髷《まるまげ》に白塗りのとても綺麗な十五、六の女の子だ。青地に菊の模様の着物がとてもかわいらしい。

女の子はお母さんの寝ている足元で立ち止まり、じっと見つめてくる。

「何かご用?」

お母さんがそう聞いた途端、女の子がいきなり物凄い勢いで飛び掛かってきた。

驚いて身をかわそうとしたが、体が固まったように動かない。女の子は馬乗りになり、目をカッと見開いて、口を大きく歪《ゆが》めて、両手を首に掛けた。

ひんやりとした小さな手に首を絞められ、そのあまりの苦しさに、横で寝ているお父さんを起こそうとする。だが苦しくて声も出せない。

このままでは殺される。そう思い、もがき足掻いて、何度目かでなんとか振り落とすことができた。

同時に女の子の姿は消え、お母さんの体にも自由が戻った。しばらくゲホゲホと咳き込む。

ようやく落ち着いて、辺りを見るが、誰かが入ってきた形跡はない。襖も閉まっている。

女の子も消えたことだし、横で寝息を立てているお父さんをわざわざ起こして騒ぎ立てることもないと考えたお母さんは、また布団に入って眠ることにした。

ところが、三十分もするとまた玄関の扉が開く音に続いて廊下を誰かが歩いてくる。襖が開き、先ほどの青い着物の女の子が入ってきて、お母さんの足元に立った。

またかと思って見ていると、女の子は突然飛び掛かってきて恐ろしい形相で首を絞めてくる。

なんとか振り落とすと消えた。

ほっとしたが、また来るかもしれない。布団に座ってじっとしていると、三十分後また玄関の開く音がした。

結局、一晩のうちに三度、青い着物の女の子に首を絞められ、そのせいでほとんど眠ることができず、朝方には気分が悪くなって何度か吐いたのだという。

「でもね、おかしいんよねえ。あの女の子、丸髷結ってたけど、丸髷って普通は結婚した女の人がするもんやから。あの子、まだそんな歳には見えへんだんやけどなあ」

昨日の亜矢ちゃんと自分のこともある。お母さんの話に不気味なものを感じながらも、藤島さんは家を出て学校に向かった。

登校中、電車に揺られていると、徐々にまた気分が悪くなってきた。電車になど酔ったことはない。視界が霞み、吐き気が喉を込み上げてくる。家に引き返そうかとも思ったが、また突然治ることを期待して、そのまま学校に向かうことにした。

教室に入り、自分の席にぐったりと座る。すぐに亜矢ちゃんがやってきた。

「おはよう!」

今日はいつものように元気らしい。

彼女に気分の悪いことを告げ、少しそっとしておいてくれるよう頼んだ。

やがて一時間目の授業が始まった。すると、すぐに吐き気は治まり、体調は回復した。ほっとして、そのことを伝えようと亜矢ちゃんの方を見ると、今度は彼女の方がしんどそうにしている。

一時間目が終わるとすぐに亜矢ちゃんは早退した。

翌日、学校に行くと、亜矢ちゃんは既に来ていた。今日は元気そうだ。

話を聞くと、彼女も帰宅するや吐き気が治まったのだという。

「何か変じゃない、この二日間の私たちって。交代で気分が悪くなってるやん」

「ほんまやなあ」

「あ、そういえば、一昨日私が早退したあとな、うちのお母さんにも変なことがあってん」

藤島さんはお母さんを襲った青い着物の女の子の話を亜矢ちゃんに聞かせた。

すると、亜矢ちゃんの顔から血の気が引いた。

「今あんた何色の着物って言うた？」

「青やけど。青地に菊の模様……」

「それ、うちにある日本人形や……」

亜矢ちゃんの家にはたくさんの人形があるのだが、数日前からそれをお祖母《ばあ》ちゃんが整理しているところなのだという。古くなったものは処分するため、全て段ボール箱に入れ、人形供養を行っている門戸厄神《もんどやくじん》さんに持っていく予定だ。亜矢ちゃんの言う青い着物の人形は今、その箱の中に入っている。

「それってまずいんじゃない？」

「うん、私もそう思う。お祖母ちゃんに言うてみるわ」

数日後、亜矢ちゃんは一枚の写真を持ってきた。

「これ、お祖母ちゃんが見てもらえって」

古びた日本人形の写真だった。日本髪を結っており、青地に菊の柄の着物を着ている。顔は幼い。

藤島さんは帰宅するとすぐにお母さんにその写真を見せた。

お母さんの顔色が変わった。

「うわっ！　この子やわ！　うん、間違いないわ、この人やわこの人やわ！」

お母さんは写真をじっと見ながら何度もそう言った。

藤島さんはすぐに亜矢ちゃんに電話し、そのことを伝えた。

その人形は処分されることなく、亜矢ちゃんの家で大切に飾られることになったそうだ。

それ以来、二人が体調を崩したり、青い着物の女の子が現れることはなかった。

人形には魂が宿ると言うが、私もネットオークションで買った古い市松人形を持っている。

一度、オールナイトで百物語会をやった時、会場の片隅にその人形を置いておいた。何気なくその人形の前の席に座った二人連れのお客さんが、会の最中、しきりに後ろを気にしている。

休憩になり、部屋を明るくすると、そのお客さんが後ろを振り向いて悲鳴を上げた。

「これの所為やわ！　さっきからずっと肩触られるような気ぃして気持ち悪い思とったんや！　こんな気持ち悪い人形おるとこ居てられへんわ！」

そう言って会場から出ていってしまった。

「うちの人形に対して失礼な！」と思ってしまったのが、自分でも意外だった。

人形には色々なエピソードがあるものだ。

かみ合わない話

十二月半ばにしては比較的暖かい日だった。平日である。

北村さんは、中学時代の友人、佐内さんにちょっとした用事があり、彼に会いに職場まで行くことにした。それほど大した用事でもなかったので、事前に行くことは伝えていない。

最寄りの甲東園駅で降りたのが、午後二時十五分ほど。ちょうどその時間、佐内さんは、職場の社会奉仕活動の一環で、近くにある山畑公園を掃除しているはずだ。北村さんは、少し遠回りになるが、まずはその公園に向かうことにした。駅から細い路地やくねくねと曲がる坂道を歩くこと約十分。山畑公園に着いた。時計を見るとちょうど午後二時三十分だ。

佐内さんはどこかと公園内を見渡すが、どこにもその姿は無い。幼稚園児くらいの男

こうとうえん
甲東園

今津線

の子が三人、遊んでいるだけだった。親の姿も見えない。今時、あんな小さな子供だけで遊んでいるのを見かけるのは珍しい。親に何も言わずに出てきているのだろうか。そんなことを考えながらも、佐内さんの姿を探す。しかしやはりいないようだ。

今日は公園の掃除は行わない日だったのだろうか。それとももう掃除を終えて、職場に戻ったのか。

仕方なく、北村さんは佐内さんの職場に行くことにした。

スマホの電池が残り少なくなっていたため、地図アプリを使わず、まずは来た道を戻り始めた。

やがて、来る時に通った坂道が見えてきた。その坂を越えれば路地があり、そこを通って駅に行くのが一番の近道であるはずだ。

北村さんは、坂道を上り始めた。ところが、その坂道は上りきったその先で行き止まりになっているのが見えた。いや、でもそんなはずはない。さっきは向こう側からきたのだから。ということは、道を間違えているということか。それも絶対にあり得ないことなのだが。

そこで坂を上まで上ってみることにした。ひょっとしたら、角度や傾斜の関係で行き止まりのように見えているだけかもしれないからだ。

ところが、北村さんが一歩踏み出した瞬間に、耳鳴りと頭痛に見舞われた。特に耳鳴りが酷く、周囲の音が何一つ聞こえなくなるくらいのものだった。

北村さんはいったん坂から降りて別の道を行くことにした。坂道から遠ざかるにつれて、耳鳴りと頭痛は徐々に退いていった。大通りに出る頃にはどちらも嘘のように消えてなくなっていた。ひとまずほっとした北村さんは、そのまま佐内さんの職場に向かった。

佐内さんとはすぐに会えた。北村さんはまず、先ほど山畑公園に行ったことを佐内さんに話した。

「え？　何時ぐらいに行ったの？　さっきまでそこで掃除してたんやけど」

佐内さんに言われて、北村さんは公園に着いたのは午後二時三十分ごろだと伝えた。

「そうなん？　俺もそれぐらいの時間やったらいたよ。二時四十五分ぐらいまでは掃除してたから」

山畑公園はそれほど広くはない。それなのにそこにいてお互い気が付かないなんてことはあるのだろうか。

「ええ？　やっぱりあの時間はまだ掃除してたんか。おかしいなあ。なんで気づかんかったんやろ？　公園の中を見回したけど、幼稚園ぐらいの男の子が三人いただけやったけど」

北村さんがそう言うと、怪訝そうな顔をして佐内さんが答えた。

「うん？　男の子？　そんな子はおらんかったけどなあ。俺らが掃除してた時は、おじさんが二人いるだけやったよ」

「山畑公園やんな？」

「うん、山畑公園」

話が全くかみ合わないまま、北村さんは佐内さんへの用事を済ませて、帰途についた。帰りは分かりやすい道を通ろうと、大通りに出てから駅に向かうことにした。彼が大通りに出た途端、車と他に歩く人の姿が急に現れた。それまで静かだったのが、突然、周りは町の喧騒に包まれる。

その時初めて気づいたのだが、甲東園で降りて路地に入ってから、道では人や車を一切見ていないのだ。確かに公園では遊んでいる子供の姿を見たし、職場では佐内さんにも会った。だが、それ以外は人や車はおろか、鳥の鳴き声すら聞いた覚えがない。

坂道といい、公園でのことといい、明らかにおかしい。北村さんは一体どこを歩き、何を見ていたのだろうか。

見知らぬ少年

村上さんがまだ高校生だった頃の話である。

彼の高校は宝塚線沿いにあり、通学には電車を使っていた。

ある秋の日のこと、学校が終わり、家に帰るために彼は電車に乗った。普段であれば、同じ方面の友達と一緒に帰るのだが、その日、友達は数学の特別授業があるとかで帰りは遅くなる。そのため、彼は一人で帰ることになった。

いつものように梅田方面の急行に乗り込む。

車内は空いており、彼は座席に座って鞄から本を出した。読み始めると同時に電車は発車する。

彼が乗ったのは急行ではあるが、宝塚線の急行は宝塚駅から豊中駅までは各駅に停車する。そのため、彼が乗り込んだ雲雀丘花屋敷駅からはしばらく普通列車と同じだ。駅

ひばりがおか
はなやしき
雲雀丘花屋敷

宝塚線

いしばし
はんだいまえ
石橋阪大前

宝塚線　箕面線

に停まるたびに乗客は増えていき、やがて、座席は全て埋まった。混雑はしていないまでも、吊り革を持って立つ人の姿も多い。

すると、立っている人の合間を縫うように、小さな人影が近づいてくることに気が付いた。そちらに目をやると、それは黒いランドセルを背負った小学五、六年生ぐらいの男の子だった。半ズボン姿の痩せたその少年は、足早に近づいてきて、村上さんの前で立ち止まった。浅黒く面長な顔に満面の笑顔を浮かべて村上さんの顔をしっかり見ると、ペコリと頭を下げた。酷い寝癖が付いた頭が村上さんの顔の近くに迫り、すぐに起き上がった。

誰だろう？　こんな子、知ってたかな？

村上さんがそう思っていると、その少年は素早く右手を差し出した。

村上さんは一瞬面食らったが、彼も元来乗りは良い方である。それに相手は子供だ。握手くらいしてやってもいいだろう。彼も笑顔でその手を握った。少年は、その細い腕に似合わず、とても強く握ってくる。それに負けじと村上さんも強く握り返した。お互いの手を強く握ったまま、二度、三度と上下に手を振り、握手を終えた。

少年は顔をさらにしわくちゃにして笑った。大きな口からは白い歯が覗いている。そしてまたペコリと頭を下げてから、来た時と同じ勢いで足早にそこから立ち去った。他にもたくさん人がいるのに、どうして自分だけに握手を求めてきたんだろうと、村上さんは不思議に思ったが、すぐにまた読書に戻った。

やがて豊中駅に着いた電車は、そこから加速し、すぐに十三駅に着いた。ここで乗り換えだ。村上さんは電車を降りると神戸線の電車に乗った。

特に何事もなく家に着いた。

「ただいま」

村上さんが家に入ると、奥からお母さんが飛んできた。

「ついさっき電話があってね、レオが死んだんだって」

レオとはお祖母ちゃんの家で飼われている犬である。お祖母ちゃんは村上さんの家から車で二十分ぐらいのところに住んでおり、お互いにちょくちょく行き来している。だからレオも子犬の頃からよく知っているし、村上さんにもよく懐いていた。つい一週間前に行った時もとても元気にしていたのだ。それなのになぜ急に。

「お祖母ちゃんが言うにはね、とても元気にしてたのに、今日になって急に血を吐いて死んだんやって。何か病気やったんかもしれへん」

その夜、村上さんはお父さんが帰ってくるのを待って、家族揃ってお祖母ちゃんの家に行った。レオは既に冷たくなっていたが、その顔は穏やかだった。

それから一か月ほど経ったある日の夕方。クラブ活動があったため、帰る時間が少し遅くなり、一人で帰りの電車に揺られていた。

この時間帯になると、電車はそこそこ混み合うため、椅子に座れないことも多い。その時も彼はドアの横に立って、本を読んでいた。

途中、石橋駅（現石橋阪大前駅）で停車し、彼が立っているのとは反対側の扉が開いた。

ふと、自分のそばの扉の窓から何やら視線を感じたのでそちらに目をやる。窓の向こうには、対向列車が止まっていた。その列車の窓から、あの時の男の子がニコニコしながら村上さんの方を見ているではないか。前に会った時と同じように頭は酷い寝癖でぐしゃぐしゃだ。

村上さんがあっと思って見ていると、その男の子は右手を出した。その手はぎゅっと拳が握られており、それを小刻みに上下に動かし始める。最初は何をしているのか分からなかったが、すぐにそれがジャンケンをするポーズだということに気が付いた。その男の子は窓越しにジャンケンをしようと誘っているのだ。

前回以上に奇妙な状況である。村上さんは、その偶然と男の子の遊び心に乗らない手はないと思い、自分も拳を差し出して上下に動かした。

二枚の扉に隔てられているため、声には出さなかったが、心の中で「じゃーんけーん」と言いつつ、身振りでタイミングを合わせ、「ぽん」とばかりに村上さんはパーを出した。男の子もパー、あいこだ。もう一度、グーを握ってじゃーんけーん、ぽんとやる。村上さんはチョキ、男の子はグー、村上さんの負けだ。勝った男の子の顔が先ほどよりもさらに深い笑顔になった。人はここまで顔を崩して笑うことができるのかというくらいに。

電車が動き出し、嬉しそうに飛び跳ねる男の子の姿が、後ろへと遠ざかっていく。一体あの男の子はなんなのか、奇妙に思いながら、村上さんは家に帰った。

「ただいま」と言いながら、家に入ると、待ち兼ねたかのようにお母さんが飛んできた。

「神戸の叔父さんが亡くなったで。さっき電話があって……」

村上さんが小さい頃からとてもかわいがってくれた叔父さんである。お盆とお正月には必ず遊びに来てくれていた、とても優しい人だった。

死因は脳梗塞。あまりに突然の出来事に村上さんは呆然としてしまった。二日後、彼は叔父さんのお葬式に出席した。

あとになって気が付いたのだが、対向車両の窓から覗いていたあの少年、胸から上が窓から覗いていた。だが、電車の扉の窓は高いところに位置しているので、あの背の高さだと絶対に頭の先しか見えないはずだ。それともあちらの車両では何かの台の上に乗っていたのだろうか。

そんなことがあって、それからさらにまたひと月が経ったある日の学校帰り、一人で電車に乗っていると、またあの少年が現れた。豊中駅で扉が開くと、乗り込んできたのだ。少年はまるでそこに村上さんがいることをあらかじめ知っていたかのように、吊り革に掴まって立っている彼のもとへと、ニコニコしながらまっすぐにやって来た。その瞬間彼はぞっとした。前回と前々回、この少年と会った直後に、彼の身近の大切な存在が相次いで亡くなったのだ。その少年とその後にもたらされた死の知らせの間に関連性があるとは思ってはいなかったのだが、三度目にこの少年の姿を見た時、また身近な誰かが死ぬような気がして、急に恐ろしくなったのである。

少年は村上さんのすぐ前まで来ると、初めての時と同じようにペコリと丁寧なお辞儀をした。その後ろで電車の扉が閉まろうとしている。村上さんは男の子を突き飛ばすようにして、急いで閉まりかけの扉から飛び出し、ホームの階段に向かって駆け出した。横目に車両の扉が閉まるのを確認すると、走りながら後ろを振り向いた。自分が飛び出した扉の窓から少年の姿が見える。やはり電車に乗り込んできた時よりも、背は明らかに高い。しかもその顔からは笑顔が完全に消えていた。そこにあるのは怒りと憎悪に満ちた、子供とは思えない般若の形相だった。

電車は少年を乗せたまま動き出し、村上さんは足を止めてそれを見送った。

その後、家に帰っても、誰かの死の知らせはなく、それ以来、その少年と会うこともない。

さて、この体験は、当の村上さんの記憶が曖昧なのだが、平成元年か平成二年のどちらかの秋から学校が冬休みに入る前までの出来事だそうだ。

村上さんに付きまとっていた少年の正体は謎だが、不吉な存在であることだけは間違いないだろう。

そこで私は思うのだ。他にもこの少年を目撃した人がいるのではないか。村上さんと同じように、この少年と接触し、直後、身内に不幸があったという人がいるのではないか。

今のところ、そのような話を他の人から聞いたことはないが、もしも今後、その少年に会ったという人の話を聞くことになったとしたら……。

私はそれが恐ろしくて堪らないのだ。

阪急西宮スタジアムの跡地にて

にしのみや きたぐち
西宮北口
神戸線　今津線

西宮北口駅前にはかつて野球場があった。阪急西宮スタジアムがそれである。開場したのは昭和十二年、当時の名称は阪急西宮球場だった。日本のプロ野球黎明期を支えた野球場の一つに数えられる。

阪急電鉄が所有していたプロ野球チーム「阪急ブレーブス」のホームグラウンドとして長らく活用されると同時に、コンサートやその他のイベントの会場としても使用されたが、老朽化や経営難等、様々な事情により、平成十四年に閉鎖、のちに取り壊された。

球場の跡地は更地になってから、そのまま数年間放置された。周囲に巡らされた、工事現場でよく見られる仮囲いと呼ばれる高さ二メートル以上の鋼板の塀が、部外者の侵入を拒む。

大勢の人が集まる場所が突然無くなってしまうと、そこはその反動からか、物寂しい場所になるものだが、西宮スタジアムも例に漏れず、周辺は何もない、誰もが寂寥《せきりょう》を覚える場所になった。仮囲い沿いの道は夜ともなると暗く、何もないまま延々と伸びるのみ。しばらくはそんな状態が続いた。

山岸さんは当時、会社員をしていた。電車通勤である。自宅から西宮北口駅までは自転車だ。その際、球場跡地の横の道を通る。そこで一度だけ奇妙なことが起きたという。

ある日のこと。仕事を終えて、西宮北口駅で降りたのは午後十時を過ぎていた。駅前に停めてあった自転車に乗り、家へと漕ぎだす。

すぐに球場跡地の横に差し掛かった。そこからは殺風景で街灯もほとんどない薄暗い道をひたすら走る。他に人の姿はない。まっすぐに長く伸びる道路は先が見えない。

五分、十分と走る。まだ先が見えない。さらに五分、十分。まだ道はまっすぐに続いている。左側には無骨な仮囲いが屹立するばかり。

さらに五分が経った。それでもまだ景色は一向に変わらない。

山岸さんは自転車を止め、前後を見た。前も後ろも、冷たい銀色の仮囲いとまっすぐな道がどこまでも続くばかりだ。おかしい。もうかれこれ三十分は走っている。いくら球場が大きかったとはいえ、もうそろそろこの道から出ても良いはずだ。

辺りはしんと静まり返った何もない景色があるのみ。山岸さんは急に心細くなった。このまま自分は二度と家に帰れないような、そんな不安が心の中にぷかりと浮かぶ。

自宅にいる妻に電話を掛けようと、携帯電話を取り出した。ところが、圏外になっており、電話が繋がらない。この場所で圏外になることなどあるのだろうか。一度電源を切って、再び起動してみるが、それでもやはり繋がらなかった。

どうしていいか分からない。とにかく走ろうと思い、再び自転車に乗って、走り出す。早く帰りたい一心で、力任せに漕ぐのだが、景色は全く変わらず、やがて息が切れて、そのままふらふらと道路の端に倒れ込んだ。起き上がる元気もなく、そこに寝転がったまま、ぼんやりと空を眺める。満月に近い丸い月が出ており、周囲の雲を明るく照らしていた。

しばらくその様子を見つめてぼんやりしていると、突然、彼のすぐ脇を車が猛スピードで通り過ぎていった。驚いて慌てて起き上がる。車はそのまま走り去っていった。近くに来るまで全く気づかなかった。ヘッドライトを点けていなかったというわけでもない。近づいてくる音もしなかった。彼のすぐ近くでいきなり現れたような印象だ。そこでもう一つ、おかしなことに気が付いた。辺りが暗い。空を見上げた。月などこにもない。月の光に照らされた雲も見えない。よく考えたら、さっき地面に倒れ込むまでは辺りはこれくらい暗かったのだ。見上げた空に月が煌々と照っている方が変なのだ。

そんなことを思っていると、スーツの内ポケットに入れていた携帯電話が鳴った。慌てて取り出して表示を確認する。自宅にいる妻からだ。

通話ボタンを押すと向こうから声が聞こえた。

「どうしたの？　まだ帰ってこないの？」

妻の声がなんだか懐かしい。

「あ、ごめん、もうすぐ着くから」

そう言って電話を切り、また自転車を漕ぎだすと、すぐに仮囲いの景色は途切れ、自宅に帰り着くことができた。

別の人からもここにまつわる話を聞いた。話してくれたのは登米さんという女性だ。

そこが空き地になっていた時期、登米さんは大学生だった。通学にはやはり阪急電車を使っていた。自宅からはいつも自転車で西宮北口駅まで行っていたが、ある時、自転車を盗まれてしまい、数日間、自宅から駅までの行き来は徒歩になったことがあった。

その日、学校が終わったあと、アルバイトをこなし、西宮北口駅に着いたのは午後十一時過ぎだった。

駅から出て、仮囲いの横の道を歩く。少し行くとすぐに他の人の姿はなくなり、彼女はその薄暗い道を一人歩くことになった。

自転車で走っていると何も気にならないのだが、徒歩となると気味が悪い。お母さんに迎えに来てもらった方が良かったかとも思ったが、時間も遅いし、親に迷惑をかけたくはない。そんなことを考えながら、トボトボと一人で歩いていると、前方の壁際に誰か人が立っているのが見えた。影になっていてよく見えないが、仮囲いにもたれるようにして、こちらの様子を窺っているように見える。どうやら男のようだ。

登米さんはぞっとした。こんな何もないところに立っているということは、良からぬことを考えているとしか思えない。しかし、この道を行かないと帰れない。どうしよう。自然と歩く速度が落ちる。男は猫背気味にこちらをじっと見ている。明らかに怪しい。

踵を返して走って逃げるのもあからさまで、かえって危険なようにも思える。このまままっすぐ行った方がいいか。

色々な考えが浮かんでは消える。そうこうしているうちに男が立つすぐ手前まで来てしまった。

他に誰も来てくれる人はいない。こうなったらまっすぐ行くしかない。もし向こうに何か動きがあれば、走って逃げよう。

そうと決まればできるだけ早く男の横を通り過ぎたい。なるべく男から距離を取り、相手の様子を窺いながら、登米さんは足早に進んでいった。

男の真横を通る。男は顔を伏せがちにして、上目遣いにこちらをまっすぐに見ている。暗くてはっきりとは見えないが、二十代の痩せた若い男らしかった。頭を綺麗に七三に分けているところが余計に不気味に思える。それを横目に見ながら、彼女は小走りに通り過ぎた。男がこちらを追ってくる様子はない。が、まだ安心はできない。後ろから男が近づいてこないことを確認しつつ、そこから遠ざかる。

先を見ると、二十メートルほど先の街路樹のところに別の人影があった。向こうにもいるのかと愕然として、携帯電話を取り出した。

家に電話して、やっぱり親に来てもらおうと思ったのだ。ところが電話は圏外だった。街路樹が近づいてくる。やはり男だ。二十代ぐらいの痩せた猫背の男。七三に分けた髪。さっきの男とよく似ている。というかそっくり同じだ。登米さんは繋がらない携帯電話を耳に当て、通話中を装いながら、街路樹の横を通り過ぎた。

男はじっと彼女の方を睨みつけるが、近づいてくる素振りはない。

後ろに注意しつつ、さらに進むと前方にまた人影が。近づくとさっきの若い痩せた猫背の男だ。ぞっとした。彼女はどことも繋がっていない携帯電話を耳に押し当てたまま、走り出した。スポーツをやっているわけではなく、体力には全く自信がない彼女のこと、すぐに息が切れた。しかし立ち止まるのは怖い。辛かろうが足がもつれようが、とにかく走り続けなければならない。

すぐに前方に街灯が近づいてきた。街灯の陰には人が。近づくと先ほどまでと全く同じ男の姿。その横を走り抜け、また前にある標識に、同じ男の姿が見えて、その横を走って逃げる。

汗と涙と鼻水で顔をぐしゃぐしゃにして、登米さんは球場跡地の横を走り抜けた。何人の同じ顔の男の横を通り過ぎたか自分でも分からない。

仮囲いが途切れた途端、手に持った携帯電話が鳴った。見ると家からだ。通話ボタンを押すと母親の声が。

「あんた今どこにいるの⁉」

胸騒ぎがして、何度も電話を掛けたが繋がらなかったので、心配していたということだった。

すぐに家から両親が迎えに来てくれて、彼女は無事に帰宅することができた。それからしばらくは、帰宅が遅くなる時は家族の者が駅まで車で迎えに来てくれることになったそうだ。

阪急西宮スタジアムの跡地にはその後、平成二十年に大型商業施設「阪急西宮ガーデンズ」が開業した。約三万二千三百六十六坪を誇るこの商業施設は、オープン当時、西日本最大級として話題になった。

それ以降、この近隣で奇妙な体験をしたという人の話は聞かない。

廃ホテル探訪

たからづか
宝塚

宝塚線　今津線

　今から三十年ほど前の夏の夜のことである。当時、大学生だった福本さんは、友達と四人で夜遅くまでドライブを楽しんでいた。

　学校は夏休みであり、暇な男子大学生が四人も揃うとまともなことなどするはずもない。特に目的地も定めず、大阪から北の方角へ行き当たりばったりで車を走らせる。腹が減ればたまたま目についたラーメン屋で食べ、喉が渇けば次に目についた自動販売機やコンビニで飲み物を買う。そんな出鱈目なドライブだったが、それはそれで楽しかった。

　やがて夜も更け、日付が変わる時間になった。次にどこに行くか話し合っている時に、友達の一人が言った。

「心霊スポット行こうぜ、廃墟とか」

蒸し暑い夏の夜のことである。そのような提案が出るのも当然だろう。退屈していた他の三人は一も二もなく同意した。

その時、彼らがいたのは宝塚の歌劇場や当時まだ営業していた遊園地、宝塚ファミリーランドの近くだった。そこからすぐに行ける心霊スポットはないかという福本さんの問いかけに、他の友達の一人が言った。

「近くの山ん中にラブホの廃墟やったらあんぞ」

そこは何年か前まで営業していたが、三階の部屋で客の男が連れの女を殺したあと、建物に火を点けたという。その後、そこは廃墟となり、三階の殺人があった部屋に行くと殺された女の幽霊が出る、そんな噂があるらしかった。もちろん心霊スポットに付きまとう噂など根も葉もないものばかりであることは解っている。しかし、そんなことは関係ない。今は退屈で蒸し暑いばかりのこの夜を楽しく過ごせれば良いのだ。廃ホテルの場所は友達が先輩から聞いてなんとなく知っている。

福本さんはその友達の案内に従ってハンドルを切った。

ところが、これがなかなか見付からない。友達も話に聞いただけで実際に行ったわけではないし、暗く細い曲がりくねった山道は、ヘッドライトが照らす範囲以外はほとんど何も見えない。福本さん達は山の中を行ったり来たりするばかり。

やがて、探し始めて一時間近く経った頃である。道路の脇に、木々に埋もれかけた細い道を友達が見付けた。よく見ると、朽ちたホテルの案内看板もあった。ようやく目的の場所に辿り着いた四人は揚々と車から降りた。

辺りは真っ暗。だが、急に思い付いた心霊スポット探検なので、準備は何もしていない。明かりと言えば、車に常備してある懐中電灯が一つだけだ。その心許ない明かりだけを頼りに、草や枝に遮《さえぎ》られた道をかき分けるようにして、四人は奥へと入っていった。

廃墟はあった。それはまるで闇の中にそびえ立つ堅牢な楼閣だった。黒い染みと蔦に覆われた壁、窓ガラスは無くなり、入口のガラス扉も完全に割れて辺りに散乱している。見るからに不気味で幽霊が出たとしてもおかしくはない。

四人は入口から中に入った。

中は瓦礫の山だった。天井は落ち、ぽっかりと開いた穴からは何かの配管の類が下へ垂れ下がっている。柱は傾き、テーブルやソファー、どこから持ってきたのか大きな冷蔵庫やテレビなどが散乱していて、まともに歩けそうにない。そして壁はところどころが焼け焦げていた。少なくとも火事はあったらしい。

四人は懐中電灯を持つ福本さんを先頭に、一列になって奥へと進んでいった。

ところが、少し奥へ行くとすぐに分厚い鉄の防火扉にぶち当たった。塗料は剥《は》げ落ち、あちこちに錆《さび》が浮き上がっている。開けようとしたが、蝶番《ちょうつがい》も錆び付いているのか押しても引いてもびくともしない。

四人で頑張ってみたがどうにもならない。その扉を開けないと、先には進めないのだ。諦めるほかなかった。

「な〜んや、おもんな」

そう口々に言い合いながら、四人は戻り始めた。全員が回れ右をして戻り始めたので、先頭を歩いていた福本さんが最後尾になった。

「もう帰ろ帰ろ」

彼は前が見えるように懐中電灯を大きく上に掲げて前方を照らす。すると、後ろから奇妙な音が聞こえてきた。

トントントントントントン……

木の枝で別の木をリズミカルに叩くような、そんな乾いた音だ。

福本さんは振り返って、音が聞こえてくる防火扉の方を照らした。

「うわ、福本ー、前が見えへんぞー」

後ろから聞こえてくる友達が言う文句は無視する。

福本さんが防火扉を見ると、丸く照らされた中に影が映った。髪の長い女がゆっくりと立ち上がろうとしている、そんな影が扉に映っているのだ。辺りを見回すが、女の姿などどこにもない。

「お前、暗いんやって、懐中電灯早よ！」

そう言いながら、後ろの友達に小突かれて、福本さんは言った。

「いや、これ見てくれ、ほら」

もう一度防火扉の方に向き直ると、影は既に消えていた。

「え？　なんなん？　何もないいやん」

「いや、さっき扉に……」

福本さんが言い終わる前に、防火扉がギギギギと軋みながら、少しだけ開いた。

「お！　開いたんか！　すげー！」

「やったな！　どうやったん？」

友達が口々に喜びの声を上げる。四人は開いた扉に手を掛けて、一斉に手前に引いた。

さらに大きく軋みながら、扉はゆっくりと人一人が通れる程度に開いた。こうして四人は福本さんを先頭にして、扉の向こう側へと足を踏み入れた。

そこはまっすぐ奥に伸びた長い廊下だった。左手側は壁、右手側には客室の扉が並んでいる。各扉の上にはラブホテルらしい案内のランプが設えられている。不思議なのは、廊下全体が綺麗なのだ。壁には染み一つなく、床にはふかふかの赤い絨毯、焼けて焦げた跡はない上に、先ほどのロビーのような廃墟然とした様子もない。電気こそ消えて真っ暗だが、そうでなければまだ営業中だと言われても疑う者はいないだろう。

周囲をじっくりと照らしながら、福本さんは奥へと進みつつ、一つ一つの扉を当たっていった。しかし、どの部屋も鍵が掛かっているらしく、開かない。

廊下は思った以上に長く、いくつ扉を通り過ぎたか分からない。

そうしてようやく廊下の一番奥へと辿り着いた。突き当りの右手側には、赤い絨毯が敷かれた階段が二階へと延びている。

「階段や！　やっとやな」

福本さんが後ろにいる友達にそう声をかけながら振り返った。後ろには誰もいなかった。

「え？」

今来た廊下を懐中電灯で照らすが、廊下が長すぎて奥まで光は届かず、その範囲には誰の姿も無かった。彼はぞっとした。いつ後ろの三人は消えたのか。自分はこの長い廊下をたった一人でここまで歩いてきたというのか。

これはきっといたずらだ。自分を怖がらせるために、あの防火扉を入った時から、誰も付いてこなかったに違いない。

「あいつらー！」

福本さんは恐怖を紛らわせるために、わざと声を荒げ、廊下を早足で戻りかけた。

トントントントントン……。

後ろからまた木を叩くようなあの乾いた音が静かに響いてきた。福本さんは立ち止まり、振り返った。音は階段の上からだ。ぞくりと背中に冷たいものが走った。怖い。早くみんながいるところに戻りたい。この恐怖から逃れたい。しかし、音の正体も気になる。どうしようか迷った。引き返すか、階段を上がるか。

しばらくの煩悶《はんもん》のあと、彼は先に進むことに決めた。

自然と懐中電灯を握る手に力が入る。なぜか足音を忍ばせて、階段の下に戻る。

音はやはり上からだ。見上げると上は濃密な闇がひしめいている。そちらに懐中電灯を向けると、闇が慌てて光を避けて、左右に分かれたように見えた。

早鐘のように心臓が鳴り、うるさいくらいだ。

福本さんはそっと右足を上げて、一段目に下ろそうとした。突然強く肩を叩かれた。

「うわっ！」と悲鳴を上げて彼が振り返る。そこにあったのは心配そうに見つめる友達二人の顔だった。驚いて周りを見ると、そこは車の中だ。助手席にはもう一人の友達が、そしてハンドルを握っているのは自分自身だ。窓からは外の景色が後ろに流れていくのが見えた。慌ててブレーキを踏むと、大きなスリップ音と友達の悲鳴と共に車は急停止した。その後、少しの沈黙を経て、各々が口を開いた。

「ああ、びっくりしたあ。お前ら大丈夫か？」

「いったー」

「びっくりした。何これ⁉　どうなってんの⁉　どういうこと⁉」

わけが分からない福本さんが聞く。ひとまずは誰にも怪我はなく、大きな事故にもならなかった。

少し落ち着いてから、友達が説明してくれた。

三人が言うには、あの廃ホテルで防火扉が閉まっているのを確認したあと、四人全員で車まで引き返したのだそうだ。車に乗り込み、運転席に座った福本さんが車を発進させた。それからすぐに、福本さんの様子がおかしくなったのだという。話しかけても返事をせず、まっすぐ前を向いて運転するばかり。運転はしっかりやっているようだが、その目は虚ろで、見るからにおかしい。どれだけ話しかけても聞こえているのかいないのか。どれだけ大声で怒鳴っても、肩を揺すっても、頭を叩いても、気が付かないかのようにひたすら運転を続けるのだ。そこで後ろに座る友人が強く肩を叩き、ようやく気が付いたということだった。

いや、そんなはずはないと、福本さんは防火扉を開けて、廊下を奥へ行ったことを話したが、誰も相手にしてくれなかった。

あの廊下と二階に上がる階段、それに乾いたあの軽快な音は、運転をしながら見ていた夢だったのか、それとも妄想だったのか。いずれにしても、あの記憶はあまりに現実感を孕《はら》んだものであったことは間違いない。だが、真相を確かめるために、もう一度あのホテルを訪れようとは、福本さんは思っていない。

入院生活

須藤さんが腸炎で入院したのは今から十五年ほど前のことだ。

どこの病院に入院したかであるが、その病院はまだ存在しているので、ここでは伏せることとする。また、最寄り駅がどこなのかもここで述べることは差し控える。

さて、普通、入院というと誰もが憂鬱《ゆううつ》になるものだが、彼女の場合は違った。家事や子供の世話から解放されて、一日中のんびりしていられるし、三度の食事も勝手に出てくる。友達は入れ替わりやってきて、ケーキだのクッキーだのと美味しいものを色々と差し入れてくれる。しかもみんな優しくちやほやしてくれるのだ。こんなに楽しい日々はない。須藤さんは十日ほどの入院生活で、大いに羽を伸ばし、たくさん食べて、どんどん太っていった。

そんな楽しい生活もとうとう最後の夜を迎えた。明日は退院だ。消灯時間が来て、部屋が暗くなった。そこは四人部屋だったので、それぞれのベッドはカーテンで仕切られている。

明日からまた忙しい日々が始まるのか。そう思いながら、彼女は眠りに就いた。

と、突然目が覚めた。誰か人の気配がする。頭を上げて足元を見ると、そこに看護師さんが一人で立っていた。白い制服にナースキャップをしっかりと被っている。目が合うとにっこりと微笑んだ。細身で整った顔立ちのモデルのような物凄い美人だ。

しかし、須藤さんはもう明日退院である。どこにも体に不調はないし、採血や検査ももうないはずだ。この看護師は何をしに来たんだろう。

そう思った瞬間、ぞっとした。急にとてつもない恐怖に駆られたのだ。理由は解らない。足元に立つ看護師は、柔和な笑みを浮かべて立っているだけだ。それなのに、怖くて怖くて堪らない。須藤さんは頭から布団を被ってギュッと目を閉じた。思わず口からまるで念仏でも唱えるように「怖い怖い怖い怖い」と小さな声が出てしまう。

その時、少し離れた場所から賑やかな人の声が聞こえてくることに気が付いた。それはどうやらナースステーションからのもののようだ。須藤さんの病室は、ナースステーションに近い位置にあるのだ。

声から推し量るに少なくても六、七人はいそうだ。とても楽し気に話したり笑ったりしている。大勢人がいるあっちに行きたい。ここは怖い。ナースステーションに行けば、逃れられるに違いない。

そっと布団から頭を出して足元の様子を窺うと、さっきの看護師がまだそこに立って、何も言わずニコニコしながら須藤さんを見ている。

またぞっとした。早くナースステーションに行かなければ。布団から素早く飛び出して、カーテンを捲り、病室の入口の方に駆け出せば、あの看護師の横を通ってナースステーションに行くことができるだろうか。そうするほかない。

須藤さんは意を決して、一気にナースステーションへと走ることにした。タイミングが分からないので、五、四、三と頭の中で秒読みを始める。

二、一、とそこまで数えて布団から飛び出そうとした時、やっぱりこれはおかしいということに気が付いた。今は真夜中、なのにナースステーションがあそこまで賑やかなのは変ではないか。しかもさっきから電子音が奏でるメヌエットも鳴りっぱなしだ。これはナースコールだ。こんな大音響でナースコールが鳴っているのに、誰も対応しないでおしゃべりを続けているのは解《げ》せない。

やっぱり向こうも変だ。怖い。彼女は再び、頭から布団を被り、ガタガタ震えながら「怖い怖い怖い」と呟き続けた。

「お姉ちゃん、大丈夫？」

突然そう声をかけられ、布団越しに体をポンポンと優しく叩かれた。

「いやー！」

思わず大声を上げたが、その声は掠《かす》れてまともに出なかった。

布団から顔を出すと、隣のベッドのお婆ちゃんだった。カーテンの向こうで須藤さんがずっと何かを呟きながら、寝たり起き上がったりを繰り返しているので、心配になって声をかけてくれたのだ。

不思議なことに、看護師の姿はどこにもなかった。ナースステーションの喧騒も収まっている。

お婆ちゃんに聞いてみると、そんな看護師は見ていないし、騒がしくもなかったそうだ。

それから少しお婆ちゃんと話して、気を落ち着けてから布団に入った。結局眠ることはできなかったが。

翌朝、部屋に入ってきた看護師さんに昨夜あったことを全て話したら、このような話をしてくれた。今この病院に勤める看護師でナースキャップを被っている人はいない。そう言われてみればその通りである。また、昨夜現れた看護師と、今ここで勤めている看護師とでは、着ている制服も違うのだ。ということは昨夜入ってきたあの看護師は何者だったのか。

また、昨夜、当直の看護師は二人しかおらず、夜中に騒ぐようなことなど絶対にないということ、そして消灯時間以後は、ナースコールの音は鳴らないように切ってあることも教えてくれた。それを聞くと須藤さんはますます怖くなった。

あの時、やって来た看護師は、全く知らない人であるが、あの顔は今でもはっきりと思い出せる。須藤さんのところに現れた理由はやっぱり分からない。ひょっとしたら、みんなが集まっているナースステーションに来るよう誘いにきたのかもしれない。もしあの時ナースステーションに行っていたとしたら、今頃どうなっていたのか。それを考えると須藤さんはまた怖さが込み上げてくるのだという。

宿題

シトシトと雨が降り続くその年の七月七日。

貴船さんの娘で小学二年生になるミサちゃんが高い熱を出した。病院にも連れていったが原因は分からず、四日経っても引かなかったので、入院することになった。

色々と検査はしてみたが、はっきりとした原因を特定することはできず、点滴と投薬を続けて、ある程度熱が治まったため退院し、京都市内の自宅マンションで様子を見ることになった。

退院してからも熱は上がったり下がったりを繰り返す。前ほどの高熱は出ないまでも、起きられる状態ではない。そのまま夏休みに入ってしまった。

八月に入って一週間ほどした頃、ようやく熱も引き、元気が戻ってきた。

夏休みも残り半分だ。ミサちゃんは友達と遊びに行ったり、宿題をしたりと忙しくし

きょうと かわらまち
京都河原町

京都線

ていたが、それでもまだ体は本調子ではないため、旅行などに連れていくことはできない。夏休みらしいこともできぬまま、新学期が始まった。

それから数週間後、参観日があった。貴船さんが教室に入ると、後ろの壁に生徒たちの絵が貼り出されている。夏休みの宿題の絵だ。みな、海水浴や森の中での虫捕りの様子などを描いている。

貴船さんは娘の作品を探した。この夏休みはどこにも連れていくことができなかった。娘はどんな絵を描いたのだろうか。

絵は出席番号順に並んでいるため、すぐに見つかった。

暗い部屋、扉の前に髪の長い女と思しき人物が立っている。白い服に丈の長い白いスカート、顔は描かれていない。そこはどうやら娘の部屋のようだ。不気味である。これは一体なんの絵なのか。

授業参観終了後、貴船さんは担任の先生に呼び出された。

「夏休み中、ミサちゃんの様子はどうでしたか？　何か変わったところはなかったですか？」

開口一番そんなことを聞かれ、貴船さんは一瞬どう答えたものか困ってしまった。

「夏休み前からずっと熱が下がらず、結局どこにも連れていってあげられませんでした。あの絵のことですよね」

「絵のこともそうなんですが、実はほかにもあるんです」

そう言って先生が出したのは、日記帳だった。これも夏休みの宿題である。

夏休みに入ってからは、それほど高い熱も出なかったので、調子の良い時などは本人もできるかぎり絵日記をつけるようにしていたようだ。

「日付は飛び飛びなんですけどね、きちんと書かれています。ただ……」

ペラペラと捲ってみて、貴船さんはぞっとした。

ほとんどのページには、あの絵と同じ女が描かれていたからだ。暗い部屋の扉の前に立つ髪の長い女。どれもこれもほとんど同じ構図だ。

貴船さんはその下に書かれた日記を読んだ。

8月○日　晴
昨日の夜もお姉さんが来てくれました。お姉さんが来てくれると楽しいです。

8月×日　晴
昨日もお姉さんが来てくれた。お姉さんはやさしいから好きです。

8月△日　晴
昨日の夜もお姉さんが来てくれてうれしかったです。これからもずっと来てほしいです。

その「お姉さん」という人物について先生から聞かれたが、貴船さんにはなんの心当たりもない。

ただ、夜に娘の部屋の前を通り掛かった時に、誰かと話す娘の声を聞いたことは何度かあった。なんと言っているのかほとんど分からなかったが、聞き取れたのは「私、ミサ。お名前は？」「何が好き？」といったものだった。

その度に、誰と話しているのかと部屋を覗くのだが、誰もおらず、娘も寝息を立てていたため、寝言か何かだろうと思って特に気にしていなかったのだ。

「あの絵の女の人、お姉さんって誰なの？」

帰宅後に、絵と絵日記のことについて娘に尋ねてみた。

しかし娘は答えない。話すと怒られると思っているのかもしれない。

「夜になると誰かが部屋に来てたの？　教えて。怒らないから」

何度かそう優しく聞くと、娘は恐る恐る答えた。

「毎日夜中になると部屋に入ってくるの。お姉さんすごく優しくて、いつもじっと私のこと見ててくれんねん」

お姉さんが見ててくれると、なんだか落ち着いてぐっすり眠れるのだという。

「お姉さんとはどんなお話してたの？」

「お姉さんは何もしゃべらんかったよ。いっつも私がいろいろ聞くんやけど、何も言わへんねん」

「じゃあ名前は？」

「知らない」

何も話さなくてもお姉さんの優しい気持ちはよく分かったし、だからお姉さんが来てくれるのが嬉しかったらしい。

「お姉さんは今でも来る？」

「もう熱が下がったから来ないよ」

そう話す娘はどこか寂し気だった。


参観日から二、三日経って、貴船さんは同じマンションに住む姪の戸川さんの部屋でお茶を飲んでいた。

その部屋は貴船さんの住む部屋の真下であり、部屋の作りはほとんど変わらない。

貴船さんは一連の「お姉さん」の話を戸川さんに語った。

「ふうん。なんか気味が悪いね。でも子供ってそういう幻覚を見たりするんかも、熱もあったわけやし。あ、そう言えば――」

と言って、戸川さんはこんな話をした。


七月も半ばを過ぎたある夜のことだ。

時間は午前二時頃だろうか。戸川さんは喉が渇いて目が覚めた。

水でも飲もうと台所に向かったのだが、途中、ある部屋の前で妙な声がすることに気が付いた。なんと言っているのかは分からないが、くぐもった女の声らしい。

　戸川さんは一人暮らしであり、誰かの話し声が聞こえてくるはずがない。部屋の前で扉に耳を近づけて様子を窺う。やはり聞こえる。その部屋にはラジオもテレビも置いていないはず。そっと扉を開けた。中にひと気はない。しかし相変わらず声はし続けている。古い小さなＡＭラジオから聞こえてくるような、何かの機械を通して聞く声に似ている。それは同じ短い言葉を何度も繰り返していた。

　初めはなんと言っているのか分からなかったが、耳を澄ませると徐々に聞き取れるようになってきた。

「あなた、お名前は？」と言っているらしい。

　電気を点けて声の出所を窺うと、正面の出窓の辺りから聞こえてくることが分かった。窓に近づくと、声はどんどん遠のいていく。窓を見るがきちんと鍵が掛かっている。その周辺には音が出るものなどはない。どこから聞こえてくるのか皆目分からないのだ。

　声は小さくなったとはいえ、まだぼそぼそと話し続けている。

「あなた、お名前は？　あなた、お名前は？　あなた、お名前は？あなた、お名前は？」

まるで壊れたレコードのように、全く同じ言葉を全く同じ調子で繰り返している。

気味が悪くなり、窓から離れると、また声は大きくなった。

「あなた、お名前は？　あなた、お名前は？　あなた、お名前は？」

また窓に近づいてみた。すると声は小さくなる。窓から離れると声は大きくなった。

得体の知れない声を放っておくのも気が進まなかったが、どうしようもないので、そのままにして、寝室に戻り、寝た。

数日後にもまた同じことがあった。

夜中、トイレに行こうと廊下を歩いていると、例の部屋から声がする。前と同じくぐもった女の声だ。今度は別の言葉を繰り返しているらしい。

扉を開けて部屋に入ると、なんと言っているのかが分かった。

「好きな遊びは何？　好きな遊びは何？　好きな遊びは何？」

前回と同じく、出窓の辺りから聞こえてくる。窓に近づくと声は遠のき、窓から離れるとまた大きくなるのも同じだった。

「でね、その声を聞いたのってその二回だけだったんだけど、最初に聞いたのが確かミサちゃんが退院してきた日の夜だったのよね」

ミサちゃんのもとに毎夜現れていた髪の長い女性と、戸川さんが聞いたくぐもった女の声に関連性があるのかどうかは分からない。

ただ、戸川さんが女の声を聞いたのは、ミサちゃんが寝ていた部屋の真下にある部屋だったという。

沼の上に建つ家

こうべ さんのみや
神戸三宮
神戸線　神戸高速線

才田さんが高校生の頃、住んでいた家とは別にもう一軒の家があった。神戸三宮駅から歩いて二十分ほどの山間にある一戸建てで、彼が幼い頃、父が住んでいた社宅を自ら買い取り、取り壊して新しく建てたものだ。当初は才田さん一家がそこで暮らしていたのだが、数年で引っ越し、他人に貸すことになった。

最初に入居したのは若い夫婦ものだった。これが一年と経たずに出た。

次に入ったのが角田さんという一人暮らしのお爺さんだったが、二年後、突然姿を消してしまった。家具や衣類など全てそのままにしての失踪である。事件や事故に巻き込まれた可能性もあるということで、警察にも届けたが、何も分からず、色々と厄介な手続きを経て、一年後には強制執行により、角田さんの持ち物は全て撤去された。そうして再び、そこは空き家になった。

そこからさらに誰も入居者がいない状態が一年以上続き、やがて家は才田さんの家の物置代わりに使用されるようになった。古くなった家具等が次々に持ち込まれたが、小さなテレビが置かれてからは、才田さんがたまに学校をさぼっては入り込む隠れ家になった。家には電気も通っていたし、古く映りはあまり良くはないとはいえ、テレビも見られたのである。

ところがある時期から、この家にいると妙に落ち着かないことに気が付いた。テレビを見ていても集中できない、昼寝をしていても嫌な夢を見て自分の悲鳴で飛び起きる。

そして何より気になるのが、突然襲ってくるおぞ気だ。それを視線というのだろうか。反射的に振り返ったり、はっと横に目を向けたり、自分の意思とは無関係に、首の後ろに不快な悪寒がぞくりと触れた瞬間に、彼は身を翻《ひるがえ》してあらぬ方向を見てしまうのだ。もちろん、そこに人の姿を認めたことは一度としてない。しかし、彼が目を向けるその一瞬前まで、そこに誰かの顔があったのだ、その顔に付いた二つの目で、彼の全身をじっとりとくまなく見つめていたことは間違いないのだ、そんな理由の分からぬ確信をいつも彼は持つのだった。

そしてその確信は、いつしかこの家にいる自分の知らない誰かの存在そのものをも感じさせるようになった。隣の部屋に誰かがいる。押入れの中に誰かがいる。トイレの中に、風呂の中に、すぐそばにある襖の向こう側に誰かがいる。その誰かは息を殺し、耳をそっとそばだてて、自分の様子を窺っている、そんな風に思えてならないのだ。

頭では気のせいだと解っているのだが、それでも怖い。怖さのあまり、襖を開けて隣の部屋を見る。押入れを、トイレを、風呂を開ける。が、誰もいない。

しかしまた扉を閉めると、やはり誰かがそこにいる。

彼は、この家にいる間は家中の扉や襖を全て開け放っておくようになった。するとそ今度は気配が移動するようになった。隣の部屋かと思うと今度は廊下、そして風呂場、トイレへ、といった具合に何かが動き回る。廊下で何かが動いた気がしてそちらに目をやると、真っ黒い人影が一瞬視界に入り、消える。

そんなものを度々見るに至り、才田さんはこの家で過ごすのをやめた。

それからまた一年ほどして、新たな入居者が決まった。

父の友人に谷井さんという人がおり、その人の息子が大学に通うのに都合が良いとのことで、貸すことになったのだ。

大学生の谷井さんは年齢が近いこともあり、才田さんはすぐに仲良くなった。

二か月ほどしたある日、谷井さんは才田さんにこんなことを聞いた。

「ここ、前に住んでたのはどんな人？」

「お爺さんですけど」

「やっぱり。夜になると階段の上にお爺さんが座ってるのをよく見るんやけど、前の住人やったんやな」

どんなお爺さんか聞くと、痩せて白い着物を着ているという。それだけでは失踪した角田さんかどうかは分からないが、恐らくそうなのだろうと、才田さんはなんとなく思った。

それからも谷井さんはお爺さんが出ると言いつつも、その家に住み続けた。才田さんは何かの用事があったとしても、玄関までしか入らない。ただでさえ怖い家なのだ。あんな気味の悪い話を聞かされたら、その家に上がってお茶を飲むなどもっての外である。

そんなある日、谷井さんから呼び出された。友人らと徹夜で麻雀をやるのだが、一人足りないから来ないかというものだった。

あの家に入るなどご免である。でも、世に言う徹マンというものも一度は経験してみたい。迷った末に、四人も居れば大丈夫だろうと自分を説き伏せて、久しぶりにその家に上がることにした。

才田さんが行くと既に谷井さんとその友人らは着いており、ビールを飲みながらゴロゴロしていた。

お爺さんが出るのは階段の上ということなので、そちらには近づかないことにし、なるべくみんながいる一階の和室からも出ないことにする。

缶ビールの空き缶と煙草の煙が充満する狭い部屋で、みんなでワイワイ言いながら興じる麻雀は楽しく、自分も大人になったようで、気分が良かった。

やがて夜も更けてきた。ちょうど一勝負終わったところで、才田さんはトイレに行きたくなった。怖いが谷井さんに一緒に来てほしいなどとは恥ずかしくて言えない。仕方なく一人で席を立った。

用を足し、部屋に戻る途中、階段が目に入った。

「あかんあかん、あっちは見たらあかん」

心の中で呟きながら慌てて目を逸らした先は、みんなのいる部屋と続きになっている和室だった。襖が開いており、家具が少し置かれただけの殺風景な部屋が見える。隣の部屋への襖が僅かに開いており、向こうにいる男たちの声と、そこから差し込む電灯の光が畳の上に一本の筋を作っている。

ことり……、と天井で小さな音がした。思わずそちらの方を見上げると、天板が少し開いている。そこから何か赤くて丸い物がゆっくりと下りてきた。

「え？　何あれ？」

疑問が浮かぶと同時に、目を凝らしてそれをよく見た。すぐにそれが何か分かり、彼は後悔した。真っ赤な血が滴り落ちる人間の心臓だ。微《かす》かに脈打っている。心臓は赤い紐のようなものに吊るされて、ゆっくりと床まで下りてくる。ぴちゃりと小さな音を立てて、優しく畳の上に下りると、まるで溶けるように床に赤く広がり、畳に吸い込まれて消えた。

悲鳴とともにみんなのところに駆け戻った才田さんは、今見たことを谷井さんに話した。谷井さんは、そんなものは見たことがないと言う。彼の友人も当然まともに取り合ってくれない。

突拍子もない話であることは分かっていたが、誰にも信用されなかったのは悲しいし、悔しい。まだ夜明けまで間があるというのに、才田さんは怒りに任せて家へと帰った。

ところがその一か月後、谷井さんから電話があった。

「俺、お前が見たいうアレ、見たわ」

何を見たのか聞き返すと、谷井さんは言った。

「心臓や」

才田さんが心臓を見たあの部屋で、やはり天井から下りてきたというのだ。

「自分でも信じられんけど、あれは確かに心臓やったわ」

それ以後も谷井さんは階段の上のお爺さんと天井から下りてくる心臓を何度も見たらしい。お爺さんも心臓も、それが現れる場所はいつも同じだったという。が、その二つ以外にはこれといっておかしなことはなく、実害もないということで、大学を卒業するまで彼はずっとその家に住んでいた。

谷井さんが引っ越して行ってからは、その家に住む者はなく、現在ではその家は取り壊され、別の家が建っている。

新しく建った家で何か怪しいことが起きたという話は聞かない。

その土地は、以前は沼だったそうだ。

崩れる家

今津線

岡部さんは二十代の溌剌《はつらつ》とした女性である。聞けば彼女は普段からよく変な音を聞いたり、ちょっとした奇妙なモノが視線の端を横切ったりすることがあるという。厄介なことにそれに慣れるということはなく、そんなことが起きる度にドキリとするのだそうだ。

しかし、実は昔からそういう質《たち》だったわけではない。そうなる切っ掛けとなったことがあるのだ。

平成八年の夏、小学六年生だった岡部さんが両親と姉と妹の家族五人で移り住んだのは、今津線沿いにある、山と川に挟まれた三階建てのそれなりに大きな家だった。山の中腹にあるため、玄関があるのは二階だ。春になると川沿いの桜並木がとても美しい花を咲かせ、夏には山からの涼やかな風がとても心地よい、そんな環境だった。

　ただ、困ったことが一つ。引っ越した当初から奇妙なことが頻繁に起きていたのだ。それは、家に誰もいなくなった時、彼女が一人になった時にのみ起きた。音がするのだ。家の軋みとかそういった類ではない。それはいずれも、人が立てる音ばかりだった。

　たとえば、二階にあるリビングでテレビを見ていると、スリッパでパタパタパタと廊下を走る音がする。足音が軽いのでどうやら子供らしい。妹が帰ってきたのかと思って廊下に出てみると音は止み、そこには誰もいない。

　或いは、三階の自分の部屋で一人宿題をやっていると、トン、トン、トンと拳で壁を叩くような音がする。ノックのようだが、叩かれているのは部屋の扉ではなく、音の距離感からすると廊下の壁らしい。しかもそれは移動している。誰かが壁をノックしながら廊下を歩いている様子が想像できた。誰がやっているのか確認しようと廊下に顔を出すと、やはり音は止む。

　別の日に自分の部屋で本を読んでいると、隣の部屋の扉が開いてまた閉じる音がする。見に行くと誰もいない。

　リビングに一人でいる時に、何かの気配を感じてドアを見たら、レバータイプのドアノブがガチャリと音を立てながらゆっくりと下り、ドアがゆっくりと開くということもあった。誰も入ってこないので、扉まで行ってみるがそこに人の姿はない。

これらは全て彼女が家に一人でいる時にのみ起こる。だからこそ余計に怖い。

それまでそのような経験のなかった彼女は、この家には目に見えない何かがいるのかと怖くなった。

そこで家族にも相談したのだが、誰も信じてくれなかった。そのため、それ以上は言えなくなってしまった。気味が悪いが、襲われたり、危ない目に遭ったりするわけでもない。どうすれば良いか分からなかったので、まずは無視を決め込むことにした。いちいち確かめることもやめ、放っておくことにしたのだ。すると、音はますますエスカレートした。足音の勢いは増し、ダダダダダダと大きな音を立てて走り回るようになった。壁を叩く音もさらに大きくなり、しまいには壁に穴が開くんじゃないかと心配になるほどの大きさになった。ドアノブも激しく回されるようになり、ガチャガチャと大きな音を立てるようになった。さすがにそこまで音が大きくなると、放ってもおけないし、気にもなるので、恐る恐る音のする方へと行ってみる。するとピタッと止む。まるで子供が悪ふざけをしているかのようだ。

そこでまた対処法を考えるのだが、小学生に良い考えが浮かぶはずもなく、考えたのが一人で家に居ないようにするということだった。しかしそれにも限界はある。どうしても家で一人になる時は、怖さをぐっと堪えて、音が止むか誰かが帰ってくるのを待つしかない。

そんな日常に全く慣れることもなく、十年が過ぎた。その頃には彼女も社会人になっていた。とはいうものの、大人になっても怖いものは怖い。

ただ幸いなことに、というのも変だが、岡部さんの勤める会社は毎日夜遅くまで仕事があり、帰りはいつも終電、帰宅するのは夜の一時近く、そんな毎日だった。

そんなある日のこと。事情があって、岡部さん一家はその家を引っ越すことになった。

そして迎えた引っ越しの前日、その家で過ごす最後の夜である。

仕事を終えて帰宅したのは夜の一時、いつもの時間だ。家族は既に床に就いており、家の中はしんと静まり返っている。

簡単に夕食を済ませ、彼女は風呂に入った。湯船に浸《つ》かって翌日の引っ越しのことなどを考える。すると、ドン、ドン、ドン、ドンと壁に何かを叩きつけるような重い音が一定のリズムを刻みながら響いてきた。

食事や入浴でうるさくしてしまったから、誰かが起き出して明日の準備を始めたのだろう。そんなことを思いながら湯船から出た岡部さんは、椅子に腰掛けて頭を洗い始めた。俯いて目を閉じ、両手で髪を泡立てる。

突然、左の方からカランカランカランと何かが床に転がる音がした。そちらを見るとお父さんのT字型の髭剃りが落ちている。それは右側にある湯船の横の棚に置いてあるものだ。何かの拍子に落ちたとしても、どうしてそんなところにあるというのだ。

「あれ？　なんで？」と思ったものの、何かに当たったとか、そういうことだろうと、無理矢理自分を納得させ、髭剃りを棚に戻して、再び頭を洗い始めた。

が、どうにも気にかかる。髭剃りといい、ドンドンと響く音といい、なんだか気味が悪い。

そのため、洗髪しながらも目をチラチラ開けて辺りの様子をつい窺ってしまう。

何度目かに目を開けた時、彼女の目の前を髭剃りが飛び、また左の床にカランカランと音を立てて落ちた。

髭剃りは棚から落ちたのではない。弧を描いて飛んだのだ。もちろん手が当たったなどということもない。

怖い。早く頭を洗って風呂から出よう。そう思いながら、もう一度髭剃りをもとの場所に戻し、シャワーでシャンプーを慌ただしく洗い流し始めた。

壁の向こうから響いていた音はいつの間にかバン、バン、バンという薄い板を叩くようなものに変わっている。

怖いのでずっと目を瞑《つむ》ってはいられない。シャワーを浴びながらも無理にチラ、チラと目を瞬かせる。

音はさらに大きくなり、勢いを増してくる。

恐怖に息は激しくなる。

はっと右側の湯船の方に目をやる。湯船から小さな、それでいてやたらと長い子供の手が棚の髭剃りを掴もうとしている。

ぞっとして息を飲んだ。するとその手は素早く湯船の中に引っ込んだ。

と同時に岡部さんの背後でタイルの壁をペチペチペチペチと両の掌で叩くような音がした。

岡部さんは悲鳴を上げると、反射的に浴室から飛び出し、裸のまま自分の部屋に逃げ込んだ。

その夜は何もできず、頭から布団を被って寝たのだった。

翌日、引っ越し作業に入る前に家族全員にその出来事を話した。それまでそういうことはほとんど話せずにきたのだが、もう引っ越すわけだし、昨夜の出来事があまりに気味悪かったからだ。

すると、前とは違い、意外にもお母さんと姉と妹がまともに聞いてくれた。聞けば実は三人とも奇妙な体験をしているのだという。引っ越してきた直後に聞いた時は、まだ三人とも経験していなかっただけらしい。

「私もちょくちょく気持ち悪いことはあったよ」

そう言って口火を切ったのはお母さんだった。

「誰もいない部屋から声が聞こえたり、勝手に戸が開いたりっていうの、これまで何度もあったわ」

みんなが怖がると思って、敢えて言わなかったのだという。

「でね、実は私も昨日、変なことがあったんよ」

夕方、お母さんが買い物から帰ってきた時のこと。扉を開けて玄関に入ると、低い男の声だけが、何やら喋りながら玄関横の部屋から出てきてお母さんの前を通り過ぎていく。しかし声の主の姿は見えない。それはまるで電話をしているかのようであり、抑揚のある、感情の籠った声だった。ただ、会話の相手の声は聞こえず、なんと言っているのかも分からない。

常識ではあり得ないことから、お母さんは声の主がどこかにいるはずだと思ったらしい。

「お父さんおるの？　どこにいてるの？」

家族で男は夫だけである。声に向かって問いかけたが、声はそれに応えることはなく、廊下を移動して、階段を上がっていった。お母さんは慌てて靴を脱ぎ、声を追った。

「お父さん？」

お母さんも三階に上がった。声は和室の中から聞こえてくる。

「お父さん？」

そう言いながらお母さんが和室の襖を開けると、声は止んだ。室内には誰もいなかった。

そんな話をしていると、姉と妹も昨日は変なことがあったとまるで堰を切ったように言い出した。

やはり音だけで、誰もいない隣の部屋から足音がしたとか、洋服ダンスの中からバキバキと板が割れるような音がしたので開けてみたがなんの異常もなかったというようなものだ。

姉も妹もそういった出来事には以前から遭遇していたらしい。

ただお父さんだけはそんな体験はないと言う。

「ほんまにお前ら、そんなことあるはずないやないか。怖い怖いと思ってるから、そんな変な音が聞こえるだけやろ」

そんな風に言って相手にしてくれなかった。

引っ越す当日になって、岡部さんはお父さん以外全員が奇妙な体験をしていたことを知ることになった。

引っ越しは滞りなく進み、一家はその家をあとにした。

そんな話を、私は岡部さんから聞いたのだが、のちに岡部さんのお父さんにも話を聞く機会を持つことができた。

家族が言う怪異な体験談に全く取り合わなかったお父さん、ところが聞いてみると実は彼も様々な体験をしていたというのである。

彼も、そのような体験をするのは一人になった時だけだった。やたらと人の話し声が聞こえる。

それはある休日、彼がリビングで一人、野球を見ていた時のことだ。スリッパを履いた誰かが歩くようなパタパタパタパタという音が廊下から聞こえてきた。

いつの間にか妻か娘が帰ってきたのかと思ったが、足音は廊下の途中で止み、それ以降は聞こえてこない。

その後、トイレに行こうと廊下に出たが、誰も帰ってきた形跡はない。おかしいなと思いつつ、トイレに入ると、今閉めたトイレの扉の向こうから男性の咳払いが聞こえた。驚いて慌てて扉を開けるが、誰もいない。そんなことがあったという。

また、別の日のこと。やはり家には彼一人きりだったそうだ。

リビングで新聞を読んでいると、玄関の扉が開いて、誰かが廊下を歩いてくる音がした。誰が帰ってきたのかと思ったが、それっきり音は止んだ。しばらくしてまた玄関の戸が開く音がした。廊下を歩いてくる音、そしてそれが止むと静かになった。

「一体なんなんや、ほんま気色悪い！」

そんな風にボヤく彼を尻目に、扉を開けて入ってくる足音はその後も五回は続いたのだという。

そういった怪異な出来事は、彼がそこに住んでいる間中、続いた。

しかし、どれほどそんな不気味な体験をしても、それを家族に言うことはできなかった。なぜなら、父親がお化けを怖がってたら、カッコ悪いから、父親の威厳を保たねばならないからというのが理由だそうである。

結局、岡部さん一家全員がその家では長期間にわたって奇妙な体験をしていたということだ。


さて、この家でそのような怪異が頻発する理由というのも、岡部さんのお父さんから聞かせていただいた。もちろんそれは彼の推測ではあるのだが、恐らくそれは当たっている。

阪神・淡路大震災である。

その家の建つ周辺は、大きな被害を受けた界隈であった。

震災前まで、ここは閑静な住宅街だった。岡部さんが住んでいた家の並びもどこも立派な家屋が建ち並び、それらの家々では、様々な家族が幸せな生活を営んでいた。

ところが、この並びの家のほとんどは地盤ごと崩れ落ち、下にあった家々を押し潰した。崩れ落ちた家に住んでいた人たちも、押し潰された家に住んでいた人たちも、大勢が亡くなった。

岡部さん一家が住んでいた家は、もともとはお父さんの叔父さんが住んでいた家であり、地滑りには耐えたのだが、山の上から大きな岩が落ちてきて、山側の部分は大破したのだという。

幸いにも一命を取り留めた叔父さんは、震災後も壊れた部分を少しずつ修繕しながらそこに住み続けた。だが結局一年後には引っ越すことにしたらしい。その際、岡部さんのお父さんに声がかかったのだ。お金はいらないから、ここに住まないかと。

そこは土砂と一緒にかなりの死体が流れ込んだ場所だということは、お父さんもお母さんも聞いていた。修繕も完全に終わったわけではない。しかし家賃も何も要らないというのは大きな魅力だ。三人の娘には最低限のことだけを伝えた上で、移り住むことにしたらしい。

そこに越してきた当初は、三軒隣まで門と階段だけを残して家屋が完全に失われており、数年間はその状態が続いた。震災のあった一月十七日には、そこかしこに供えられた花が冷たい風に揺れる。それが毎年決まった光景だった。

この話を聞かせてくれた岡部さんの次女は、最後はこう締め括った。

「十年間住み続けてましたけど、やっぱり何かがいて、最終日だけそんなことが色々と起きるっていうのは、なんか私らが出ていくのを寂しがってくれたんじゃないかなって」

そこは現在では整地され、震災直後の様子を窺い知ることはできない。

瞼の裏の女

この話は、京都市から少し外れたところから始まる。

体験したのは田所さんという女性。

それは彼女が高校三年生の時に起きた。

当時、彼女が住んでいたのは郊外にある一戸建ての家だった。

その夜、彼女は寝ようと窓用シャッターを閉め、電気も消して、部屋を真っ暗にしてからベッドに入った。幼い頃から彼女はいつもそうやって寝ていたのだ。

目を閉じてしばらくすると、閉じた目の前に白い着物を着た髪の長い女の姿が遠くに見えた。

それがどういう状況なのか、田所さん自身にもよく分からないのだが、目を閉じて真っ黒になった視界の中にポツンと女の姿が見えるのである。夢なのかというと、そう

からすま
烏丸
京都線

さいいん
西院
京都線

ではないらしい。まだ眠ってはいないのだ。女はこちらの方をじっと見つめている。距離があるため、その表情や顔立ちまではは っきりとは分からない。

それまで金縛りには何度か見舞われていたが、今回のような経験は初めてだった。気味が悪かったし、何よりもこれまで感じたことのない、不快感に全身を襲われ、それがこの上なく嫌だった。

しかし、翌朝にはもうすっかりそんなことは忘れてしまっていた。

それを思い出したのはその数日後である。寝ようと部屋を真っ暗にしてベッドに入ったところ、あの嫌な感覚が戻ってきたのだ。

その直後、目を閉じた向こうに、またあの女の姿が見えた。暗闇の中、遠くの方に一人で佇み、田所さんをじっと見つめる死装束の長い髪の女。

ところが今回は、前とは違った。その女が徐々にこちらに近づいてきたのだ。ぞっとした。足を動かすことなく、地面を滑るようにしてゆっくりと迫ってくる。目を逸らしたくても怖さのあまりできないし、目を閉じて見ないようにすることもできない。目は既に閉じているのだから。

やがて女は田所さんのすぐ目の前までやってきた。その存在感は、目を開けてもそこにいるという確信を彼女に与えた。それが怖い。女は真正面から彼女を見つめる。その白く濁った目。彼女も女から目を離すことができない。

突然全身が強張《こわば》ったのが分かった。これまで経験したことのない、強烈な金縛りだ。心の中で「どっか行って、どっか行って」とお経を唱えるように何度も何度も繰り返した。それぐらいしか抵抗する術がないのだ。そんな状態がどれほど続いたのか、田所さんにもよく分からない。恐らく三十分から一時間はそうやっていただろう。

それは唐突に終わりを迎えた。突然ふっと体が軽くなり、全身に自由が戻ったのだ。閉じた目の前から女の姿も掻き消え、目を開けて部屋の明かりを点けると、そこはいつもと変わらぬ部屋だった。

なぜだか分からないが、それ以来、田所さんが金縛りに苛まれることはなくなった。


翌年、高校を卒業した田所さんは大学生になった。それと同時に彼女は実家を出て、学校からもほど近い場所にあるマンションで一人暮らしを始めた。阪急やJRなど複数の電車の駅にも近く、広隆寺《こうりゅうじ》への参拝道としても有名な太子道《たいしみち》を隔てた向こうには、彼女の通う大学もある。彼女にとっては大変に都合の良い場所なのだ。

一人暮らしを始めると、田所さんは烏丸にあるバーでアルバイトを始めた。

そんな充実した大学生活が始まって一年が経った頃、田所さんには彼氏が出来た。同じ大学に通う、一学年上の北川さん、お寺の息子である。二人は付き合い始めてすぐに同棲することにした。ワンルームマンションで一人暮らしだった北川さんが、田所さんの部屋に移ってきたのだ。


ある日のこと。田所さんはアルバイト先で一人、開店準備をしていた。しばらくして別のアルバイトの女の子が血相を変えて飛び込んできた。

「大丈夫⁉」

「え？　何が？」

田所さんにはなんのことだか分からない。

「何がじゃなくて、悲鳴あげなかった？」

その店はビルの二階にあった。彼女が言うには、お店に入ろうと階段を上がっていると、上の階から女性の叫び声が聞こえたとのことだった。このビルは五階建てであり、二階には二人が勤めるこの店しかなく、三階は全て空き店舗、四階と五階に店は入っているが、この時間帯は誰もいない。だから叫び声は、その距離感もあって、てっきりこの店の中からだと思ったのだ。

「凄かったで。女の人の声でギャーって。そこら中に響き渡ってたんやけど。聞こえんかった？」

田所さんにはそんな叫び声は聞こえなかった。

妙なこともあるものだとその時は思った程度なのだが、その夜から、田所さんは再び金縛りとあの女に苛まれるようになった。しかも以前と違って、二日に一回はそれが襲ってくるのだ。

特に一緒に住んでいる北川さんが家にいない夜には必ずそれはやってきた。北川さんの実家は少し離れたところにあり、週末などに帰ると、そのまま一泊してくることが常だった。そのため、田所さんは一人で過ごす夜が怖くて堪らない。

そこで田所さんは犬を飼うことにした。北川さんも賛成してくれて、二人は小型犬を飼い始めた。

ある夜のこと。アルバイトが休みだった田所さんは、先に家に帰って夕食を作りながら、彼の帰りを待っていた。

突然、ギャンギャンギャンと犬が吠えた。驚いてそちらを見ると、犬が吠えているのは玄関に続く扉の方である。

彼が帰ってきたと思ったので、「おかえり」と彼女も声をかけたが、「ただいま」の声がない。

おかしいと思って玄関の方に行こうとすると、リビングの扉が十センチほど開いている。

田所さんも北川さんも、犬が勝手に出て行かないように、扉は必ず閉めるようにしている。この扉も先ほどしっかりと閉めたはずだ。それなのに少し開いているということは、開けた者がいるはずである。彼ではないのか。田所さんは扉を開けて玄関の方を確認した。誰もいなかった。玄関の鍵も掛かったままだ。犬はというと、リビングの扉を彼女が開けた瞬間に廊下に飛び出したが、すぐにまたリビングに舞い戻り、そこから吠えている。彼は帰ってきていない。

田所さんはリビングに戻って、扉をしっかりと閉めた。犬は鳴き止んだ。

料理に戻ると、また犬が扉に向かって吠え始めた。その扉の向こうの廊下から、タッタッタッタッタッと走る音が聞こえた。玄関から廊下をこちらに向かってくる。今度こそ帰ってきたと思い、「おかえり」と声を掛けた。足音が止む。しかし「ただいま」の声は聞こえないし、扉を開けて入ってくることもない。犬は吠え続ける。

「おかえり、帰ってきたんやんなあ?」

何も答えない。扉の方に行ってみると、またほんの少しだけ扉は開いていた。廊下には誰もいなかった。玄関の扉も施錠されたままだ。心底ぞっとした。早く帰ってきてと心の中で祈りながら、彼女は気を紛らわせるためにとにかく料理を続けた。

二十分ほどして、玄関の鍵を開ける音が聞こえた。続いて扉が開き、玄関の方から「ただいま」という彼の声が。今度こそ彼が帰ってきたのだ。ほっとした彼女はすぐに今あったことやバイト先であった叫び声の件を全部彼に伝えた。

彼は少し考えて言った。

「今度の週末、また実家に帰るから、その時に親父に聞いてみるわ」

親父とはもちろん、お寺のご住職をされている彼のお父さんである。彼が家を空けるのは不安だが、実家のお父さんなら何か対処方法を教えてくれるかもしれない。

土曜日、予定通り彼は朝から実家に帰っていった。

その夜のこと。

田所さんはいつものように十五畳あるリビングの端にマットレスを敷いて寝ていた。犬も横で寝ている。

いきなり猛烈な犬の吠え声に彼女は飛び起きた。

犬は扉の方に向かって吠えている。

扉を見ると、暗い中、それは開け放たれていた。真っ暗な廊下が扉の向こうに口を開けている。そこは寝る前に確かに閉めたはずだ。

閉めに行くのは怖い。でも開けたままにしておくのはもっと怖い。

彼女は意を決して起き上がり、そっと扉まで行ってしっかりと閉めた。慌ててマットレスまで戻り、布団に潜った。

もう怖くて堪らない。早く寝ようと目を閉じた。なかなか眠れない。それでも目を閉じて眠ろうとしていると、また犬が吠え出した。

はっと目を開けてみると、また扉が開いていた。

「ああ、嫌だ」

思わず小声で漏らしてしまう。閉めに行かなくてはならない。でも怖い。しばらく煩悶したあと、仕方なく彼女は扉を閉めに行くことにした。

彼女が起き上がろうとしたその時、いきなり闇の中から二本の腕が伸びてきて、彼女の両手首をガッチリと掴んだ。

はっとして上を見ると女の顔が枕元からぬっと覗き込む。悲鳴も出なかった。犬がこっちに向かってけたたましく吠えているのが聞こえる。ただし犬は吠えるばかりで、近づいてはこない。

それはこれまで何度となく、目を閉じた状態で見てきた女の顔だ。それが今は目を開けた状態で、顔のすぐそばにある。これまでと同じように、その白濁した両目でこちらをじっと見つめてくる。女の長い髪が垂れて、田所さんの顔をくすぐる。彼女は泣きそうになりながらも、その恐怖に耐えた。しかしどれだけ耐えても、その状況が終わることはない。

「助けて、助けて、助けてください、助けてください」

また心の中で何度も何度も同じ台詞《せりふ》を繰り返す。しかし女が消えることはない。掴まれた両手首が痛い。犬は吠えるのをやめ、部屋の反対側に退散したようだ。

田所さんは涙目のまま、女の無表情な顔をじっと見つめ続けた。時間が音もなく過ぎていく。手首は痛いのを通り越してもう感覚がなくなっている。

そしてまた、その恐怖の時間は唐突に終わった。急にふっと全身が軽くなったかと思ったら、既にあの女は消えていた。体に自由が戻り、飛び起きた彼女は慌てて部屋の明かりを点けた。数年前のあの夜と同じだ。ただ違っていたのは、掴まれた両手首に青紫色の痣ができたことである。

日曜の夜、北川さんが帰ってきた。

昨夜の出来事を北川さんに話し、手首を見せると彼は大いに驚いたようだ。鞄から小さく畳まれた袱紗《ふくさ》を取り出す。包まれていたのは数珠だった。腕輪念珠と呼ばれる、腕に嵌《は》めるタイプのものだ。

「これ、親父が作った数珠やねん。親父にはざっくりとしか話してないねんけど、そうしたらこれを渡しなさいって」

北川さんのお父さんは他にも様々な細かいアドバイスをくれたという。たとえば、空気を清めないといけないので、部屋の換気は頻繁に行うこと、グラスに水を入れて窓際に置き、できれば各部屋の隅に盛塩をすること、などである。

田所さんは藁《わら》にも縋《すが》る思いで、言われた通りに実践した。すると、それ以降、家に一人でいる時でも奇妙なことは全く起きなくなった。


それからまた一年が過ぎた。とても平和な一年だった。

バーでのアルバイトを続けていた田所さんは、その夜、お店で同僚の女の子とお客さんを交えて談笑していた。するとたまたま話は怖い体験を語るような流れになった。そこで田所さんはあの女の話を語ったのだ。

彼女が話し終えても誰も何も話さなかった。軽い雑談として怖い話をしていたのに、あまりに本気の話が語られて、なんと言っていいのか分からなかったのかもしれない。その沈黙を突いて、壁にあるモニターの画面がザーッと大きな音を立てて乱れたかと思うと、次いで店内の電気が全て落ち、真っ暗になった。

田所さんも他の女の子も一斉に悲鳴を上げる。それに混じってパーンという鋭い音が店内に響き、田所さんは左手に衝撃を感じた。カウンターや床にバラバラと何か小さなものが散らばる音がしたので、田所さんは左手に嵌めていた数珠が弾け飛んだことを理解した。

店内は真っ暗で何も見えなかったが、三分ほどで電気は自然に復旧した。停電の原因は不明。しかも停電したのは田所さんのお店だけだったようだ。

左手の数珠は完全にバラバラになっており、店内のあちこちに粉々になって散らばっていた。

「もう、やめてよねえ、そんな話するの」

同僚の女の子には本気で嫌がられ、田所さん自身もこの話はしない方がいいと感じたそうである。

そのため、この話は誰にも語っていなかったのだそうだ。

たまたま私と出会い、あのお店での一件以来、初めてその全てを語ってくださったのである。

今のところ、私の周囲にも田所さんの身にも、奇怪なことは起きていない。

これを読まれた皆さんは如何だろうか。

ご近所探検

中村さんという女性の話である。

彼女が三、四歳の頃、お祖父ちゃんが上ノ島町《かみのしまちょう》でお店をやっており、中村さんのお母さんは毎日そこを手伝っていた。

中村さんは一人っ子だったので、お母さんが手伝いに行っている間、お店からもほど近いお祖父ちゃんの家で一人留守番をすることになっていた。

お祖父ちゃんの家は、二階建ての長屋である。留守番中は、二階の部屋で折り紙をしたり、絵本を読んだり、一人遊びをして過ごしていた。

ある日のこと、そんな遊びにも飽きて、中村さんはなんとなく外に出た。特にやることもないし、近くに公園があるとはいえ、一人で行ってもつまらない。

そこで、長屋の周りをぐるりと回ってみることにした。まずは正面を端から端まで確

むこのそう
武庫之荘
神戸線

つかぐち
塚口
神戸線　伊丹線

いる。
認する。当時からして古めかしい作りの部屋が並んでおり、見た目の同じ扉が連なって

次いで裏手に回ってみた。お祖父ちゃんの長屋の裏には細い砂利道があり、その道を挟んだ向かい側には同じような長屋があった。ただ一つ違っているのは、その長屋の一番手前側には、一戸建ての家が建っている点だ。玄関は反対側にあるのだろう、中村さんが立っている砂利道に面してあるのは柵に囲まれた庭だった。そこに一匹の犬がいた。黒くて大きな、一見怖そうな犬。だが中村さんの姿を認めると尻尾を振って近づいてきた。優しい目で柵越しに見つめてくる。恐る恐る柵の隙間から手を突っ込んで撫でてあげると、嬉しそうに手を舐めてきた。この人懐こい犬がカイという名前であることを、中村さんはあとでお祖父ちゃんに教えてもらった。

ひとしきりカイと遊んでから、中村さんはその砂利道を奥へと進んだ。右手にはお祖父ちゃんの長屋の裏手が、左手に並んでいるのは別の長屋だ。その扉はどれも全て閉まっており、人の気配は無い。

ところが一番奥の端にある部屋だけ、玄関の扉が開け放たれていた。何気なく中を覗くと一人のお婆ちゃんが座っていた。

目が合った。

「あんた何しとん？」

お婆ちゃんにそう話しかけられた中村さんは答えた。

「何もしてへんよ」

それで会話は終わった。

ただ、その日から中村さんは、お祖父ちゃんの家で留守番する時は、長屋の周りをぐるりと回るのが日課となった。彼女はそれを「探検」と呼んだ。

お祖父ちゃんの家から出て、まずは長屋の正面を確認する。次に建物の裏側に回り込み、一番手前の一戸建ての家で、犬のカイちゃんを撫でてあげる。それが終わったら、道を奥へと行くのだ。一番奥の部屋はいつ行っても扉が開いており、玄関の上がり框《かまち》にはお婆ちゃんが座っていた。

お婆ちゃんは無口な人だった。幼い中村さんを特別可愛がるような素振りもなく、いつも彼女が「こんにちは」と挨拶すると「こんにちは」と返してくれる時もあれば、声に出さずただ会釈するだけの時もあった。それ以上の会話はない。ただ、中村さんが探検に出て、お婆ちゃんの姿を見ない日はなかった。

そんなある冬の寒い日のこと。その日も彼女は探検に出掛けた。カイちゃんを撫で、道を奥へと向かうと、いつもの場所にお婆ちゃんの姿があった。

「こんにちは」

中村さんが挨拶をした。

「外は寒いやろ。中に入り」

意外なことにお婆ちゃんがそう誘ってくれた。

親に無断で他人の家に上がってはいけないとお母さんから言われていたので、どうしようか迷ったが、いつも外から眺めるだけのお婆ちゃんの家の中を見てみたいという思いが湧いてきて、中に入れてもらうことにした。

中は薄暗かった。お祖父ちゃんの家もあまり明るくはないのだが、こちらはもっと暗い。箪笥《たんす》や戸棚などの家具が色々と置かれているが、どれも古そうだ。

「ほら、コタツ入り」

お婆ちゃんに言われて、コタツに入って座った。

「お菓子あるで。食べるか。ちょっと待ってや」

お婆ちゃんにそう言われて、どんなお菓子が出るのかと、ちょっとワクワクしたのだが、出されたのは盆菓子のようなパサパサした味気ないもの。中村さんはがっかりして、あまり手を付けなかった。

その後、お婆ちゃんと何かお話をしたことは覚えているのだが、大した内容ではなかったのだろう、話題までは覚えていない。ただ、その日を境に、お婆ちゃんとの親密度は確実に上がったと感じたのだという。

次の日からも、挨拶しても返してくれたり会釈だけだったりといった具合ではあったが、少し立ち話をすることや、たまにはまた家に上がるように誘ってくれることもあり、ご近所の優しいお婆ちゃんといった印象を持つようになった。

そんなある日のこと。彼女が探検に出ると、いつもいるはずのカイちゃんがいない。なんだかがっかりして、その日はお婆ちゃんの家の方にも行かずに、お祖父ちゃんの家に帰った。お店が終わり、お祖父ちゃんとお母さんが帰ってきたので、カイちゃんのことを聞いたところ、昨夜死んだのだという。中村さんはとてもショックを受けた。生きているものはいつか死ぬということを実感したのはその時が初めてだったのかもしれない。

翌日、中村さんはまた探検に出掛けた。カイちゃんはもういない。砂利道を奥へと進み、お婆ちゃんの家に行ってみた。

玄関の扉は閉まっており、お婆ちゃんの姿も無かった。

以降、いつ行ってもお婆ちゃんの家の扉が開いているところを見ることはなく、お婆ちゃんとも会う機会は訪れなかった。犬のカイちゃんが死んだと同時に、お婆ちゃんとも会えなくなったのだ。

しかし、中村さんはお婆ちゃんのことをお母さんやお祖父ちゃんに聞くことはなかった。なぜなら、親に無断でお婆ちゃんの家に上がってしまっているのである。お婆ちゃんのことを言うと、そのことも話さなくてはならず、それが知れたら叱られるだろう。となると、もう決してお婆ちゃんのことを言うことなどできない。

お婆ちゃんと会えず、その理由も分からないまま、月日は流れた。

平成七年一月十七日、阪神・淡路大震災。上ノ島町のある尼崎市も神戸ほどではないにしろ、甚大な被害を受けたことに変わりはなかった。幸いにも中村さんの身内は全員無事だったが、お祖父ちゃんは店を畳み、中村さん一家も西宮に引っ越すことになった。

それからさらに数年後、中村さんが高校生の時である。ある日、小さかったあの頃のことが家族の間で話題になった。その際に「探検」のことをお母さんに話した。留守番をしている時にはいつも長屋の周りを歩き回っていたこと、犬のカイちゃんのこと、そしてお婆ちゃんのことも。

するとお母さんは怪訝な顔で言った。

「お祖父ちゃんの長屋の裏に、そんな長屋なんてなかったよ」

お母さんによると、カイという名の犬はいたらしい。しかしその家の隣には長屋などはなく、ただの空き地だったというのだ。当然そこに住むお婆ちゃんもいるはずはない。

しかし、中村さんはお婆ちゃんとのことは色々と細かく覚えているのだ。最初に家に上げてもらった時も、中の間取りやそこに置かれていた家具など、お婆ちゃんの生活風景をはっきりと思い出すことができる。それ以外にもお婆ちゃんとのやり取りも色々と覚えている。たとえばある時など、お祖父ちゃんの家で折り紙をしていて、セロハンテープが欲しいと思ったが、探しても見つからなかったので、お婆ちゃんのところにもらいに行ったことがあった。お婆ちゃんの家にもテープはないということだったが、お婆ちゃんがまだ開けていないクッキーの丸い缶を持ってきてくれて、缶の蓋の周りにぐるりと貼ってあるテープを剥がして「これ使い」と言ってくれたこともあった。想像や勘違いでこんなエピソードを思い出せるはずもない。

だがお母さんもお祖父ちゃんも、そんなお婆ちゃんは知らないというのだ。嘘ではないのだろう。それはよく解るのだが、ということは、あのお婆ちゃんは一体なんだったのか。全く分からないまま、それは不思議で神秘的な記憶として、彼女の心の中に収められた。


それからさらに年月は過ぎ、今から六年ほど前のこと。社会人になった中村さんはある日、友達から気になるパワースポットがあるから一緒に行かないかと誘われた。

兵庫県の三木《みき》市にある神社だった。

それほど興味はそそられなかったが、中村さんは旅行気分で友達に付き合うことにした。

実際に行ってみると、そこは神社ではなくどう見ても大きなお屋敷のようだった。大正時代に強い力を持つある女性霊能者が相談に来る人のために建てたものらしい。その霊能者も戦後間もなく亡くなり、現在はその孫とひ孫が管理しているのだそうだ。

中に入ると立派な祭壇とそこに祀られた鏡が目に入った。こんなところには滅多に人が来ないからと、お孫さんがあちこち案内してくれた。

お屋敷はとても広く、大変立派な建物だった。いくつかの部屋を巡ったあと、応接間に通してもらった時だ。そこは初代が相談を受ける際に使っていた部屋だという。

その壁に大きな写真が掛けられていた。年老いた女性の写真。それがここの初代女性霊能者だ。その写真を見た瞬間、中村さんは息を飲んだ。その女性霊能者こそ、中村さんが幼い頃、毎日会っていた、あのお婆ちゃんの姿でもあったのだ。

その霊能者が亡くなったのは昭和二十二年のこと。幼い中村さんが会っていたお婆ちゃんと同一人物であるはずはない。だが顔は瓜二つだった。

その後も建物内を案内してもらったり、祭壇にお参りしたりしたのだが、中村さんは上の空だった。

そして友達と二人帰りかけた時、ふと庭の一角に目が行った。そこには一匹の犬がいた。黒くて大きな犬である。お見送りをしてくれた初代のお孫さんに、中村さんは思わず聞いた。

「あの犬のお名前はカイちゃんですか?」

「そうです。もう何代目か分からないくらいですけどね」

中村さんが名前を言い当てたことに少しも驚くことなく、お孫さんは答えた。

あまりに不思議なことであるが、中村さんにとって、自身の幼少期の不可解な記憶とも直結する三木市への訪問になった。

この体験は一体何を意味するのか。中村さんにもそれは解らないが、もう一つ意味深げな出来事が起きていたという。

中村さんがあの応接間で初代女性霊能者の写真を見て、お婆ちゃんだと思った瞬間、彼女の耳元で「おかえり」と誰かが囁いた。その声は間違いなくあのお婆ちゃんのものだったのだ。

初出

『怪 異形夜話』　「地下の売り場」

『怪談売買録 死季』　「河童」
「怖がる理由」
「引っ越し前夜」
「崩れる家」

『FKB怪幽録 異怪巡り』　「そこにいた人」
「死の色」
「車庫入れ」
「吐き気」
「きっかけ」

『恐怖箱 超-1怪コレクション 金木犀』　「踏切」

『怪談四十九夜 出棺』　「思い」

その他の作品は書き下ろしです。

阪急沿線怪談

2024年2月5日　初版第1刷発行
2024年6月25日　初版第3刷発行

著者……………………………………………………………………… 宇津呂鹿太郎
デザイン・DTP　……………………………………………… 荻窪裕司（design clopper）

発行所……………………………………………………………………… 株式会社 竹書房
〒102-0075　東京都千代田区三番町８－１　三番町東急ビル６F
email：info@takeshobo.co.jp
https：//www.takeshobo.co.jp
印刷所…………………………………………………………… 中央精版印刷株式会社